HET BLEEKBLAUWE HANDSCHRIFT
VAN EEN VROUW

FRANZ WERFEL

Het bleekblauwe handschrift van een vrouw

VERTAALD DOOR
Marc Rummens

Het proza van Franz Werfel: een spannend leven in goed gewikte woorden

Alma Mahler: meer dan een muze

Zullen we deze inleiding op Franz Werfel beginnen door de naam 'Alma Mahler' te laten vallen? Omdat dat een naam is die bij iedereen wel tien belletjes tegelijk doet rinkelen, waarin steevast de klok van grote kunstenaars van het begin van de 20ste eeuw meeklinkt.

Alma Mahler, meisjesnaam Alma Schindler, werd geboren in het keizerlijke Wenen van 1879. Toen ze amper zeventien was, maakte schilder Gustav Klimt haar het hof. Hem schonk ze haar eerste kus, zo wil het de mythe. Toen ze drieëntwintig was, trouwde ze met de veel oudere en gevierde componist en directeur van de Weense Hofopera Gustav Mahler. Alma componeerde ook, maar die artistieke ambities moest ze opbergen vanwege haar eergierige man, dus begon ze maar een buitenechtelijke affaire met de baanbrekende Bauhaus-architect Walter Gropius. Toen Gustav Mahler in een soort relatietherapie avant la lettre ging bij Sigmund Freud, kon die de componist min of meer troosten met de ondertussen bekend klinkende gedachte: 'Uw vrouw zoekt haar vader in de man van wie ze houdt. U bent die man.'

Alma had met Mahler twee dochters, van wie er een op amper vijfjarige leeftijd stierf aan roodvonk. In 1911 werd Alma al weduwe, ze was nog maar tweeëndertig. Tijd dus voor een heftige affaire met de expressionistische schilder Alfred Kokoschka. De manier waarop hij werkelijk bezeten was van haar – zie het schilderij *De bruid van de wind* – beangstigde haar; ze maakte een eind aan de relatie. Zo was in 1915 het moment gekomen om als eerbare weduwe de affaire met Gropius in een huwelijk om te zetten.

Bracht het huwelijk met Gropius rust in haar leven? De vraag stellen is ze beantwoorden. Want toen ontmoette de kersverse bruid Franz Werfel. En zo zijn we bij ons eigenlijke onderwerp aanbeland, de auteur van *Het bleekblauwe handschrift van een vrouw*. Al snel ontstond een verhouding en in 1920 scheidde Alma van Gropius. Om pas in 1929 met Werfel in het huwelijk te treden, zij was toen al vijftig, hij negenendertig. Na een componist, schilder en architect volgde dus een schrijver, een op dat moment zeer beroemd schrijver nog wel. 'De zoveelste verovering van de overweldigende en inhalige Alma Schindler', zo oordeelde de in Bulgarije geboren maar in het Duits publicerende Nobelprijswinnaar Elias Canetti. Maar als men het latere lot van de echtelieden Werfel-Schindler kent, valt dat oordeel wel heel streng uit.

Franz Werfel: gevierd dichter in Praag

Franz Werfel dus, want over hem gaat het hier. Een klein belletje in het oor van de hedendaagse lezer misschien, maar voorwaar een luid galmende klok in de eerste helft van de vorige eeuw. Wat anders te denken van een bevlogen jonge dichter die met zijn eerste bundel *Der Weltfreund* in 1911 op slag een *hype* werd, al bestond dat woord toen wellicht nog niet. Max Brod moedigde de jonge dichter aan en bracht hem in het Praagse kunstenaarscafé Arco in contact met Franz Kafka. Naar aanleiding van die eerste bundel (en de opvolger *Wir sind* uit 1913) noemde Kafka Werfel een 'literair wonder'.

De lectuur van Werfels dichtwerk maakte hem zo enthousiast dat hij 'bijna tot waanzin gedreven' werd. Wat gelukkig niet gebeurde, de wereldliteratuur had er een stuk armer uitgezien. Was Werfel dan werkelijk een geniaal dichter? In die dagen zeker wel. Zijn bundels haalden hoge oplagen in het gezamenlijke Duitse taalgebied. De lezersschare raakte in een roes van Werfels lyrische hymnen, zijn beelden van een gelukkige kindertijd, het ouderlijke huis, de verwarrende schooljaren. Verrukt werd men door de gevoeligheid die eruit sprak, het nieuwe geluid dat erin weerklonk. Dit was expressionisme op papier.

Expressionisme, dat was ook de kunstvorm die Werfel koos voor zijn theaterwerk. Over dat theaterwerk, dat vooral in de jaren twintig ontstond, klonken de toenmalige critici minder unisono lovend. In zijn dagboek noteerde Werfel nogal droog dat zijn krediet blijkbaar al op was 'bij het snobistische literaire journaille', dat immers om de twee jaar een nieuw verbluffend talent wil ontdekken. Ook het verwende publiek reageerde maar lauwtjes bij de Weense en Praagse premières van zijn zware, meestal historische drama's als *Bockgesang, Juarez und Maximilian* of *Paulus unter den Juden*. Het treurspel *Schweiger* (1923) leidde zelfs tot grote artistieke onenigheid met Kafka.

Proza met subtiele autobiografische verwijzingen

Wat mij, lezer en vertaler in weer een nieuwe eeuw, zo sterk in Werfel aantrekt, is zijn prozawerk. Was hij in zijn poëzie eerder een dweper, in zijn proza vond hij zijn eigen stem: het zijn ideeënromans waarin hij grote kwesties als de verhouding tussen jodendom en christendom aansnijdt en de eeuwige vraag van schuld, boete en verlossing onderzoekt, waarin hij op zoek gaat naar inzicht, waarheid en psychologische diepgang. In de beste van zijn werken gaat het over de waardigheid van de individuele mens in een onverschillige of zelfs ronduit vijandige wereld en in een snel veranderend tijdsgewricht.

Er zijn natuurlijk zijn groots opgezette (historische) turven als *De 40 dagen van de Musa Dagh* of *Verdi, roman van de opera*. Maar de hedendaagse lezer wordt misschien wel het meest bekoord door Werfels kleinere romans, novelles en verhalen. De thematiek ervan is universeel, de stilistische kracht blijft verbazen, ook anno nu. Uit dat verspreide prozawerk (waarvan maar een fractie in het Nederlands beschikbaar is) kan een beetje detective hele stukken uit Werfels leven reconstrueren. Niet dat de auteur schaamteloos autobiografisch schrijft, daarvoor was hij te gereserveerd, hij maakt er liever een puzzel van. Elk prozawerk bevat wel een of meerdere belangrijke momenten uit zijn leven, meestal handig gecamoufleerd, maar toch te herkennen voor wie wat biografische achtergrond heeft.

Praag begin 20ste eeuw: een gelukkige jeugd

Franz Werfel wordt in 1890 in Praag geboren, bruisende stad die op dat moment nog tot de Oostenrijks-Hongaarse dubbelmonarchie behoort. Hij is de zoon van een welstellende Joodse handelaar en wordt grotendeels opgevoed door zijn katholieke gouvernante Erna Tschepper. Een kwarteeuw laat hij passeren eer hij in de korte novelle *Kleine Verhältnisse* (1930) een ode schrijft aan die zalige kinderdagen. Zijn levenslange fascinatie voor het christendom vindt daar haar oorsprong.

Met *Das Trauerhaus* (1927), weer een novelle, schuiven we enkele jaren op in Werfels levensloop: we zien een jongeman volwassen worden, een gymnasiast die in een wat dubieus Praags café in het gezelschap van medescholieren, kunstenaars, militairen, ambtenaren en zakenlui hele dagen en vooral nachten discussieert over het leven met grote L, terwijl de sigarettenrook kringelt, de drank vloeit en de vrouwen verleidelijk zijn. Opvallend is dat hij het verhaal situeert op de dag waarop het nieuws van de moordaanslag op de Oostenrijkse troonopvolger Franz Ferdinand in Praag doordringt. Het huis van plezier wordt op die manier een huis van rouw.

Na zijn gymnasium studeert hij recht en filosofie en vervult hij zijn dienstplicht.

Tijd voor liefde en kunst, ook tijdens de Groote Oorlog

In 1914 breekt er een wereldoorlog uit, dé Wereldoorlog, die toen nog geen volgnummer nodig had. Werfel, de pacifist, moet naar het front. Hij probeert aan de loopgraven te ontsnappen en bemachtigt een kantoorbaantje aan het Galicische front. In een hospitaal heeft hij een korte ontmoeting met Gavrilo Princip, de man die op 28 juni 1914 in Sarajevo de aanslag op kroonprins Franz Ferdinand pleegde en daarmee de wereldbrand ontketende. In het dagboekverhaal *Cabrinowitsch* dat Werfel aan deze ontmoeting wijdt, tekent hij de piepjonge Gavrilo eerder als een speelbal van God en het lot dan als een koelbloedige moordenaar.

Een provocerende gedachte die ook terug te vinden is in de titel van de korte roman waarmee Werfel in 1920 doorbreekt als prozaïst: *Nicht der Mörder, der Ermordete ist schuldig.* Daarin verbeeldt hij het eeuwenoude vader-zoonconflict. Weerom gaat het niet om een strikt persoonlijk verhaal, maar om de opstand van elke zoon tegen elke vader, van elke jonge generatie tegen de oude autoriteit die niet tijdig beseft dat ze afgedaan heeft.

Tijdens de oorlog leert hij in het garnizoenshospitaal van Praag Gertrud Spirk kennen. Hij schrijft haar innemende brieven, helemaal in de stijl van zijn lyrische gedichten. De verloving loopt op de klippen als hij in 1917 mevrouw Alma Mahler-Gropius ontmoet, haar hebben we hierboven al uitgebreid geïntroduceerd. Zij zal de grote liefde van zijn leven worden. Uit de affaire wordt een ziekelijk zoontje geboren, dat zijn eerste verjaardag niet haalt.

Een stralend paar in Wenen

Zodra Alma in 1920 een einde aan haar huwelijk met de architect Gropius heeft gemaakt, verhuizen de geliefden naar Wenen, de mondaine wereldstad van kunst en cultuur waar ze zich allebei in hun sas voelen. Alma is een grote drijvende kracht achter Werfels schrijverschap, zij zet hem aan om zijn grote talent onvermoeibaar te ontplooien in steeds weer nieuwe romans en novellen. 'Zonder Alma had ik na 1917 waarschijnlijk nog een gedicht of veertig geschreven, om dan rustig oud te worden en vergeten', zo zet Werfel later in zijn dagboek de ambitie en inspirerende kracht van zijn geliefde in de verf.

Na het debacle van WO I verleent Werfel zijn steun aan de (uiteindelijk mislukte) anarchistisch-communistische revolutie van Wenen. De Russische Oktoberrevolutie van 1917 zindert door in heel Europa. In die Weense opstand is een van de hoofdrollen weggelegd voor collega-schrijver Egon Kisch, een man die Werfel – net zoals Robert Musil, Rainer Maria Rilke en Stefan Zweig trouwens – als collega had op de persdienst van het leger in Wenen. In 1918 is het sprookjesboek van de keizerlijke Dubbelmonarchie definitief dichtgeklapt, Franz Werfel ervaart dat als een bevrijding van het juk van een repressieve autoriteit. Hij heeft zijn vadermoord gepleegd. Zoals de jonge officier die pleegt in de lijvige roman *Barbara, oder die Frömmigkeit* wanneer hij, die het executiepeloton moet bevelen, niet het commando 'Vuurt!' geeft, maar wel 'Schoudert geweer!'

Van anarchist naar conformist

Werfel, die in zijn romans zo hoog oploopt met de kracht om nee te zeggen, schudt het revolutionaire Bolsjewieken-gedachtegoed echter snel van zich af, mede onder invloed van zijn kersverse geliefde Alma Mahler. Hij doet meer dan ver-loochenen wat hij eens verdedigde, politiek slaat hij helemaal door naar de andere kant. Het is alsof hij zich schaamt voor zijn activisme. Tegen dat we in de jaren dertig zijn aanbeland, is hij de trotse drager van het *Bundeskreuz* voor verdiensten aan de natie en is hij kind aan huis bij vooraanstaande Oos-tenrijkers, inbegrepen de klerikaal-autoritaire bondskanselier Kurt von Schuschnigg – niettegenstaande diens foute famili-aire omgang met Mussolini.

Sommigen oordeelden genadeloos over wat ze Werfels twee persoonlijkheden noemden. Maar met Werfels biograaf Peter Stephan Jungk (*Das Franz-Werfel-Buch*, 1986) zijn we eerder geneigd om milder te zijn. Is het niet iets te gemakkelijk om later, met de kennis waarover men dankzij de geschiedenis-boeken beschikt, ongenadig strenge oordelen uit te spreken over iemands houding in verwarrende tijden? Welke grote persoonlijkheid maakt geen evolutie door in zijn denken? Welke kunstenaar heeft geen twee zielen in zijn borst? Zijn verdere levensloop – verguisd en vervolgd door de nationaal-socialisten – plaatst Werfel overduidelijk in het juiste kamp.

Zijn prozawerk uit de jaren dertig en veertig toont trouwens ten overvloede aan dat hij de grote morele vragen nooit uit de weg ging, wel integendeel. In de revolutie van de samenleving gelooft hij niet meer, in die van de innerlijke mens des te meer.

De geslaagde en daardoor wat lichtzinnige Werfel, de man van de wereld die bevriend is met de Oostenrijkse politieke elite, herkennen we in Leonidas, de hoofdfiguur uit *Het bleek-blauwe handschrift van een vrouw*. Een man die de auteur met een gezonde mengeling van mededogen en misprijzen afschildert als een wat gemakzuchtige opportunist, die helder ziet wat hem te doen staat, en die de kans die hij krijgt op inner-lijke redding, uiteindelijk wel of niet grijpt.

De jaren dertig: de grote morele vragen

In de vroege jaren dertig begint Werfel zich scherp te realiseren dat hij zich op een gevaarlijk hellend vlak bevindt. Is het toe-val dat hij precies in 1933, op het moment waarop de meeste van zijn boeken worden verbrand door de nationaalsocialisten en waarop hij uit de Pruisische Academie voor Schone Kun-sten wordt gestoten, zijn grote roman *De veertig dagen van de Musa Dagh* laat verschijnen, een roman over de hardhandig neergeslagen opstand van de Armeniërs tegen de Turken? Met dit boek wil de Joodse humanist Werfel een waarschuwing laten horen aan heel de mensheid.

Vijf jaar eerder al had hij *Der Abituriententag* aan weldenkend Oostenrijk voorgeschoteld (waarvan bij uitgeverij Dedalus – voorloper van Vrijdag – in 1990 een vertaling verscheen, *De reünie*, nu alleen nog antiquarisch te vinden). In deze prachtige kleine roman wordt de lezer geconfronteerd met de gewetensnood van een rechter. Vijfentwintig jaar na afstuderen houden enkele gerespecteerde heren van middelbare leeftijd een schoolreünie. Wat is er geworden van al de wereldverbeteraars uit *Das Trauerhaus*? Is elke branie in burgerlijkheid omgeslagen? Zijn het louter zoete jeugdherinneringen die worden opgehaald of is er schaamte mee gemoeid? En grijpt men de kans die een kwarteeuw later geboden wordt om jeugdzonden recht te zetten?

1938: begin van een lange vlucht

In 1938 volgt de kroniek van een aangekondigde dood: de *Anschluss*. Duitse troepen marcheren Oostenrijk binnen. De Werfels verliezen hun huis in Wenen en hun buitenhuis in de Alpen, Alma's chalet in Breitenstein am Semmering. Een Franse ballingschap volgt, Franz en Alma wonen in de zomer van 1938 afwisselend in Parijs en in het Zuid-Franse vissersplaatsje Sanary-sur-Mer. Ook aan de Italiaanse Ligurische kust, in de idyllische baai van Portofino, en op het romantische eiland Capri vinden de verdrevenen onderdak. Tijdens deze periode krijgt Werfel ook geregeld een waarschuwing dat zijn zwakke hart al deze opwinding niet aankan. Maar dat belet hem niet om gedreven te schrijven. Onder meer de verhalen *Par l'amour* en *Weissenstein, der Weltverbesserer* komen hier tot stand. Maar de mooiste bloem in deze Zuid-Franse bloeiperiode is toch onmiskenbaar *Das blassblaue Frauenschrift*.

Ook aan de Middellandse Zee wordt de grond hun uiteindelijk te heet onder de voeten. In 1940 prijkt de naam Franz Werfel hoog op Hitlers lijst van uit te leveren personen. Als 'joodse intellectueel' (een begrip dat herhaaldelijk terugkeert in zijn werk) is hij een doorn in het oog van de nazi's. Frankrijk is niet langer veilig: een deel is bezet door de Duitse troe-

pen, het 'vrije' Frankrijk is in handen van het collaborerende
Vichy-regime van Pétain, voor een Jood evenmin een gastvrije
thuis. Werfel was er dankzij zijn faam in geslaagd om een vi-
sum voor de Verenigde Staten te bemachtigen, maar dat had
hij in zijn naïeve overmoed niet tijdig benut. En dus begint
een lange en spannende vlucht in huurauto's door Frankrijk
om hopelijk nog tijdig Spanje te bereiken. De Duitsers zitten
hen op de hielen. Met Alma en enkele vrienden, onder wie
Heinrich en Golo Mann, steekt Werfel te voet de Pyrenee-
ën over. Een vriend zorgt ervoor dat hun koffers, met daarin
naast Werfels manuscripten ook waardevolle composities van
Mahler en Bruckner, in Spanje geraken.

Tijdens het oponthoud in Lourdes belooft Werfel om in geval van redding een boek te schrijven over de bedevaartplaats.
Een belofte die hij zal houden, want in 1941 zal *Het lied van
Bernadette* verschijnen, een van zijn meest succesrijke titels. Al
is er iets bevreemdends aan het feit dat de voortvluchtige Jood
hulde brengt aan het katholicisme, de godsdienst van degenen
die het op hem gemunt hebben, maar waarvoor hij van kinds-
been af een grote fascinatie heeft gevoeld.

De jaren veertig: veiligheid, creativiteit en succes in de VS
De vlucht gaat verder. Uiteindelijk komt het gezelschap na een
bewogen reis door Spanje en Portugal in Lissabon aan, waar
het oceaanschip Nea Hellas hen naar het veilige New York
brengt. 'Bij het binnenvaren van de haven van New York leek
het wel alsof de engel van het paradijs zelf op ons neerkeek,'
zei hij ooit op de Amerikaanse radio. Veel vrienden uit Europa
zien de Werfels er terug, ze blijven een paar maanden aan de
Oostkust. Op tweede Kerstdag 1940 volgt de verhuis naar Los

Angeles, waar vrienden een bescheiden huis voor hen hebben gehuurd in Beverly Hills.

Alma heropent haar kunstzinnige salon. Grote namen uit de literaire wereld en uit de klassieke muziek maken er hun opwachting: Thomas en Heinrich Mann, Erich Maria Remarque, Lotte Lehman, Lion Feuchtwanger, Arnold Schoenberg, om er maar enkelen te noemen. Werfel beleeft een uiterst creatieve Amerikaanse periode. Schrijven doet hij meestal in alle rust in een hotelbungalow in Santa Barbara. Romans als *Der veruntreute Himmel, Das Lied von Bernadette* (dat in 1943 ook een kaskraker werd in de bioscoop) en het (veel later ook verfilmde) komische toneelstuk *Jacobowsky und der Oberst* worden snel vertaald naar het Engels en brengen ruim geld in de la. Zoals de Duits-Amerikaanse literatuurprofessor Hans Wagener het verwoordde in zijn biografische essay *Understanding Franz Werfel* (1993): geen enkele Duitstalige exilauteur, ook Thomas Mann niet, had het zo snel gemaakt in Amerika en verdiende er zo goed zijn boterham.

Heel lang kan Werfel van zijn nieuwe vaderland echter niet genieten, want op 26 augustus 1945 – Wereldoorlog II was een paar maanden eerder doodgebloed – overlijdt hij aan zijn hardnekkige hartkwaal. De bevreemdende roman *Stern der Ungeborenen*, het verslag van een reis in een ideële fantasiewereld die aan Dante doet denken, is net voltooid. Zoals het een schrijver past, bezwijkt hij aan zijn werktafel, terwijl hij een selectie van zijn gedichten klaar voor publicatie maakt. Hij is vijfenvijftig jaar oud, Alma Mahler, zijn elf jaar oudere weduwe zal hem nog bijna een decennium overleven.

Ballingsoorden aan Noordzee en Méditerranée

1936, de zomer van een vriendschap, zo heet het boek dat de Duitse letterenpaus Volker Weidermann in 2015 publiceerde over Oostende in de zomer van 1936. Mark Schaevers had hem dat al in 2001 voorgedaan met zijn boekje *Oostende, de zomer van 1936*. Beide auteurs reconstrueren aan de hand van memoires, biografieën en brieven die ene zomer waarin een keure van Duitstalige (Joodse) schrijvers, nu het voor hen almaar moeilijker wordt om in nazi-Duitsland te publiceren, op een wat grimmige manier het leven viert in de Belgische Koningin der Badsteden. 'Het afscheidsfeest van de Europese cultuur', zo zei Thomas Mann later. Irmgard Keun, Egon Erwin Kisch, Joseph Roth, Stefan Zweig, Herman Kesten logeren er in de chique hotels, schrijven overdag, inspireren elkaar, en drinken 's avonds menig glas terwijl ze de wereldpolitiek bespreken.

Een gelijkaardig verhaal zou men kunnen vertellen over Sanary-sur-Mer, waar de hierboven genoemde namen haast allemaal ook neerstreken. In Werfels exiljaren stond het Zuid-Franse vissersdorp tussen Marseille en Toulon bekend als Sanary-les-Allemands, zoveel Duitstalige schrijvers vonden er na 1933 onderdak. Zon en zee zochten ze er niet, wel een rustig en betaalbaar schrijfoord, veilig ver van het immer luider klinkende gerommel in hun vaderland. Thomas Mann kwam er al in 1933 terecht, op aanraden van zijn vriend Jean Cocteau, zijn kinderen Erika en Klaus volgden. In een villa werkte hij er naarstig aan zijn meesterwerk *Jozef en zijn broers*. Hij noemde Sanary later 'de gelukkigste etappe in mijn ballingsreis'. Bertold Brecht zong er in een havencafé zijn spotliederen over Hitler en Goebbels. 'In ballingschap is het café immers de enige plaats waar het leven gewoon verdergaat', zo schreef Herman Kesten. Franz Werfel nam zijn intrek in de oude wachttoren Le Moulin Gris.

Daar, in een ronde kamer met twaalf ramen die gegeseld werden door de wind, schreef hij in 1940 zijn meesterlijke korte roman *Das blassblaue Frauenschrift*.

Wat een onverwachte brief kan aanrichten

Het bleekblauwe handschrift van een vrouw is een gedroomde kennismaking met het werk van deze ten onrechte wat ondergeschoven auteur. Alle grote thema's uit zijn oeuvre passeren er de revue: de individuele en collectieve verantwoordelijkheid, schuld en boete, de liefde als kans op verlossing, de fascinatie voor joden- en christendom. En stilistisch is het een van Werfels meest verfijnde werken. Een boek dat daarenboven bijna leest als een whodunit, want pas op het einde komen de geheimen ten volle aan het licht, waarbij de lezer onderweg meermaals op het verkeerde been wordt gezet.

Een gevatte literaire repliek op het brute geweld

Das blassblaue Frauenschrift was Werfels bellettristische antwoord op de Duitse invasie in Oostenrijk. Hetzelfde thema had hij een jaar eerder proberen te behandelen in de emigratieroman *Cella, oder die Überwinder*, maar dat project gaf hij op omdat hij niet tevreden was over het geschrevene en omdat de realiteit de fictie had ingehaald. *Cella* was zijn meest directe aanklacht tegen tirannie en Jodenvervolging. In de VS herwerkte hij later een hoofdstuk van deze onafgewerkte roman tot de zeer geëngageerde tekst *Die wahre Geschichte vom wiedergestellten Kreuz*.

Maar *Het bleekblauwe handschrift* is meer dan een roman
over het opportunistische Oostenrijk in het bewogen jaar
1936, meer dan een algemene beschouwing over Jodendom
en christendom, meer dan een protest tegen gedwongen ballingschap en vervolging. Tegen een donkere politieke achtergrond zet de auteur een menselijk karakter in de schijnwer-
pers. De roman is ook het verhaal van een bewogen dag uit
het leven van één man. Deze identificatie met één worstelend
individu is wat dit boek zo leesbaar maakt. De oorspronke-
lijke titel luidde dan ook: *Die Verwirrung eines Apriltages*.'

Zo vaak als het weer wisselt op die ene grillige dag, zo
vaak wisselt ook het gemoed van protagonist Leonidas.
Die dag wordt hij, de carrièreman die dankzij zijn huwelijk
met de rijke Amelie Paradini en dankzij zijn handigheid
en elegantie hoog opgeklommen is in de Oostenrijkse
ambtelijke hiërarchie, uit al zijn zekerheden losgescheurd
en geconfronteerd met de grootste angst uit zijn leven. En
dat allemaal omdat er bij zijn ochtendpost een enveloppe is
met een voor hem wel heel herkenbaar vrouwenhandschrift
in lichtblauwe inkt. Een brief van Vera Wormser, een
Joodse jeugdliefde die hij indertijd nogal sec van zich heeft
afgeschud. Wat heeft ze hem nu, bijna twee decennia later, zo
dringend te vertellen? Zal deze brief alles wat hij verworven
heeft op losse schroeven zetten?

Werfel tekent Wormser als 'ingehouden, niet opdringerig,
mild en vergevend, schoon en dapper' – zoals Max Brod het
ooit formuleerde. Zal Leonidas zich eveneens van zijn groot-
moedigste en nobelste kant laten zien als hij oog in oog staat
met zijn verleden? Dat is de vraag die open blijft tot op de
laatste bladzijde van deze spannend opgebouwde roman. Een

vraag die elke lezer ook anno 2016 nog zou moeten boeien, omdat het een vraag is van alle tijden en geldig voor elke bewust levende mens.

HOOFDSTUK I

April in oktober

De post lag op de ontbijttafel. Een aanzienlijke stapel brieven, want Leonidas had niet zo lang geleden zijn vijftigste verjaardag gevierd, en elke dag nog waren er nakomertjes met gelukwensen. Leonidas heette werkelijk Leonidas. Die tegelijk heroïsche en zwaar op hem drukkende voornaam dankte hij aan zijn vader, een armoedig gymnasiumleraar, die hem behalve deze erfenis slechts de complete Grieks-Romeinse klassieken nagelaten had en tien jaargangen van de *Tübinger Altphilologischen Studien*. Gelukkig liet het plechtige Leonidas zich makkelijk tot een meer bruikbaar Leo omzetten. Zijn vrienden noemden hem zo en Amelie had nooit anders dan León tegen hem gezegd. Dat deed ze ook nu, waarbij ze met haar donkere stem de tweede lettergreep van León langgerekt en hoog uitsprak.

'Je wordt onuitstaanbaar graag gezien, León,' zei ze, 'weer minstens twaalf felicitaties...'

Leonidas lachte zijn vrouw even toe, alsof hij zich wat beteuterd wilde verontschuldigen voor het feit dat hij op de top van een stralende carrière ook nog zijn vijftigste levensjaar gehaald had. Sinds een paar maanden was hij afdelingshoofd op het Ministerie van Onderwijs en Cultuur en behoorde daardoor bij die veertig à vijftig ambtenaren die in werkelijkheid de staat besturen. Zijn witte kalme hand speelde verstrooid met de brieven. Amelie lepelde langzaam een pompelmoes uit. Dat was alles wat ze 's morgens tot zich nam. Haar badjas was van haar schouders gegleden. Ze droeg een zwart badpak, waarin ze dagelijks haar gymnastiekoefeningen placht te doen.

De glazen deur naar het terras stond halfopen. Het was vrij warm voor de tijd van het jaar. Van waar hij zat kon Leonidas, over de zee van tuinen van deze westelijke voorstad van Wenen heen, tot aan de bergen kijken, op de flanken waarvan de grootstad uitdijde. Hij keek eens vorsend naar het weer, dat zowel voor zijn humeur als voor zijn werklust een wezenlijke rol speelde. De wereld deed zich vandaag voor als een luie oktoberdag die door een of andere gril van gedwongen jeugdigheid meer op een aprildag leek. Over de wijnhellingen van de banmijl schoven dikke, gehaaste wolken, sneeuwwit en met scherp afgelijnde randen. Waar de hemel open was, liet hij een bloot en voor dit seizoen bijna schaamteloos lenteblauw zien. De tuin voor het terras, die ternauwernood met verkleuren begonnen was, bleef hardnekkig taai een zomerse indruk maken. Straatjongensachtige windvlagen sprongen baldadig met de blaren om, die echter nog stevig vast leken te hangen.

Mooi zo, dacht Leonidas, ik denk dat ik te voet naar mijn werk ga. En hij glimlachte nog eens. Een merkwaardig lachje, een mengeling van energie en spot. Als Leonidas bewust tevreden was, lachte hij altijd dit energieke en tegelijk spottende lachje. Zoals zovele gezonde, welgestelde en knappe mannen had hij de neiging om zich de eerste uren van de dag perfect tevreden te voelen en de kronkelende gang van de wereld zonder voorbehoud goed te keuren. Men komt om het zo te zeggen uit het niets van de nacht, gaat over de brug van de elke ochtend hernieuwde lichte verwondering en stapt het volle bewustzijn van het eigen geslaagde leven in.

En van een geslaagd leven kon men oprecht spreken. Zoon van een arme leraar van de achtste rang. Een niemand, zonder familie, zonder naam, neen erger nog, met een pocherige voornaam opgezadeld. En die trieste, kille studententijd! Men slaat er zich moeizaam doorheen met de hulp van een studiebeurs en wat bijlessen aan rijke, pafferige en onbegaafde knapen. Het is hard om de verlangende, hongerige blik in de eigen ogen te verbergen, als de luie pupil aan tafel geroepen wordt. Toch hangt er nog een rokkostuum in de lege kast van de arme student. Een nieuwe, onberispelijke rok, die maar een paar kleine aanpassinkjes nodig heeft. Deze rok is namelijk een erfstuk. Een studie- en huisgenoot heeft hem bij testament aan Leonidas nagelaten, nadat hij zich in zijn kamer op een avond onaangekondigd een kogel door het hoofd had gejaagd. Het gaat er bijna als in een sprookje aan toe, want precies deze staatsiekledij wordt bepalend voor de levensweg van onze student. De eigenaar van de rok was een 'intellectuele Israëliet'. (Dat is ook de voorzichtige naam die de fijnbesnaarde Leonidas hem in gedachten geeft, afkerig als hij is van elke al te onverbloemde verwoording van pijnlijke feiten). Die mensen hadden het destijds overigens zo goed, dat ze zich een dergelijk luxueus zelfmoordmotief als filosofische weltschmerz zonder meer konden veroorloven.

Een rok! De bezitter ervan kan bals en andere sociale evenementen bezoeken. Wie er in rok goed uitziet en daarenboven nog over een bijzonder danstalent beschikt zoals Leonidas, wekt vlug sympathie op, sluit vriendschappen, leert stralende jongedames kennen, wordt in vooraanstaande huizen uitgenodigd. Zo ging het tenminste in die verbazingwekkende sprookjeswereld van toen, waarin nog een sociale rangorde bestond en dus ook het schijnbaar onbereikbare, zo lang verbeid door de voorbestemde winnaar dat hij het uiteindelijk ook bereikte.

Met een puur toeval begon de carrière van de arme huisleraar, met het toegangskaartje namelijk voor een groot bal dat Leonidas ten geschenke kreeg. De rok van de zelfmoordenaar kwam die avond tot zijn recht, als was het door de voorzienigheid beschikt. Terwijl de vertwijfelde erflater hem samen met zijn leven had afgestaan, hielp hij de meer fortuinlijke erfgenaam over de drempel van een glanzende toekomst.

Deze Leonidas bezweek in de Thermopylae van zijn bekrompen jeugd nooit voor de overmacht van een hoogmoedig gezelschap. Niet alleen Amelie, ook andere vrouwen beweerden dat er nooit een danser als hij was geweest, en dat er nooit een zou zijn. Hoeft het gezegd dat het domein van León de wals was, en wel de naar links gedanste wals, zwevend, innig, met een onontkoombaar vaste greep en tegelijk toch losjes? In de zwierige tweestapswals uit dat wonderlijke tijdperk kon een meester in de liefde die vrouwen wist te leiden, zich nog bewijzen, terwijl (daarvan was León overtuigd) de dansen van de moderne massamens, met hun onverschillige gedrang, amper ruimte laten voor de machinale draf van onbezielde ledematen.

Op de ogenblikken dat Leonidas zich zijn voorbije danstriomfen herinnert, speelt weer dat karakteristieke gemengde lachje om zijn mooie mond met de hagelwitte tanden en het zachte, nog altijd blonde snorretje. Een paar keer per dag denkt hij aan zichzelf als aan een onmiskenbare lieveling van de goden. Als men hem om zijn wereldbeschouwing zou vragen, dan zou hij moeten bekennen dat hij het universum als een opvoering beschouwt met als enige zin en doel het vertroetelen van godenkinderen als hij, ze uit de diepte op te heffen naar de top en ze te begiftigen met macht, eer, luister en luxe. Is zijn eigen leven niet het beste bewijs voor deze

optimistische verklaring van de wereld? Een schot weerklinkt
in de aangrenzende kamer van zijn sjofele studentenhuis. Hij
erft een bijna splinternieuwe rok. En dan gaat alles zoals in
een ballade. Rond carnaval bezoekt hij enkele bals. Hij danst
luisterrijk, zonder het ooit geleerd te hebben. Het regent
uitnodigingen. Een jaar later hoort hij al bij de jongelui naar
wie iedereen dingt. Waar zijn al te klassieke voornaam valt,
verschijnt glimlachende welwillendheid op alle gezichten.
Zeer moeilijk is het om het bedrijfskapitaal te veroveren voor
zo een heerlijk dubbelleven. Met zijn vlijt, zijn volharding en
zijn bescheidenheid lukt het hem. Ruim op tijd slaagt hij voor
al zijn examens. Schitterende aanbevelingen openen voor hem
de poorten van de staatsdienst. Terstond is hij graag gezien
bij zijn superieuren, die geen woorden van lof vinden voor
zijn aangename bescheidenheid. Al na enkele jaren volgt de zo
benijde overplaatsing naar het centraal bestuur, die normaal
alleen voor de beste namen en de meest bevoorrechte kinderen
is weggelegd.

En dan die wilde verliefdheid op Amelie Paradini, achttien
en beeldschoon...

Leonidas' lichte verwondering elke morgen bij het ontwaken
is voorwaar niet misplaatst. Paradini? Terecht spitst men de
oren bij het horen van die naam. Ja, het gaat inderdaad om het
bekende huis Paradini, dat in alle wereldsteden filialen heeft.
(Weliswaar werd sindsdien het aandelenkapitaal opgeschrokt
door de grote banken). Twintig jaar geleden echter was Amelie
de rijkste erfgename in de stad. En geen enkele van de stralende namen uit adel of grootindustrie, geen enkele van deze he-
melhoog uittorenende mededingers had de jonge schoonheid

veroverd, alleen hij, de zoon van een hongerlijdende leraar La-
tijn, een jongeman met de pompeuze voornaam Leonidas, die
niets meer bezat dan een goed zittende, zij het macabere rok.
Daarbij is het woord 'veroverd' al vrij onnauwkeurig geko-
zen. Want als je 't goed bekeek, was hij ook in deze liefdesge-
schiedenis niet de aanbidder maar veeleer de aanbedene. Het
meisje had immers met een onstuitbare energie het huwelijk
doorgedreven tegen de hardnekkige weerstand van de hele,
onder de miljoenen gebukt gaande familie in.

En hier zit tegenover hem, vandaag zoals elke morgen, Amelie, zijn grote, zijn grootste succes in het leven. Merkwaardig
genoeg heeft hun verhouding zich niet wezenlijk gewijzigd.
Nog altijd voelt hij zich de aanbedene, de inschikkelijke, de
gevende, en dat niettegenstaande haar rijkdom, die hem, waar
hij ook gaat of staat, omringt met bewegingsvrijheid, warmte
en welbehagen.

Voor het overige hamert Leonidas er met onkreukbare
onverzettelijkheid op dat hij de bezittingen van Amelie in
geen geval als de zijne beschouwt. Van bij het begin heeft hij
een stevig hek geplaatst tussen dit wel zeer ongelijke mijn en
dijn. Hij beschouwde zichzelf in deze prachtige, maar voor
twee jammer genoeg veel te ruime villa als het ware slechts
als huurder, pensiongast, betalend vruchtgebruiker, terwijl
hij zijn hele ambtenarensalaris zonder aftrek besteedde aan
hun gemeenschappelijke levensonderhoud. Van de eerste dag
van hun huwelijk af had hij onverbiddelijk aan deze regeling
vastgehouden. Hoezeer de auguren elkaar ook toelachten,
Amelie was verrukt over de mannelijke trots van haar geliefde
en uitverkorene. Hij heeft zopas het hoogtepunt van zijn

leven bereikt en gaat nu weer langzaam de trappen af. Hij, de vijftigjarige, heeft een acht- of negenendertigjarige vrouw, nog altijd stralend mooi.

Zijn blik neemt haar keurend op.

In het nuchtere, onthullende oktoberlicht glanzen Amelies naakte schouders en armen onberispelijk wit, zonder vlekken of haartjes. Dit geurige marmerwit dankt ze niet alleen aan haar geborgen leven in de betere kringen, maar ook aan een niet aflatende cosmetische verzorging, die ze ernstig neemt als was het een godsdienst. Amelie wil jong blijven voor Leonidas, mooi en slank. Ja, slank vooral. En dat vraagt voortdurende gestrengheid tegenover zichzelf. Geen stap wijkt ze af van het steile pad van deze deugd. Haar kleine borsten staan spits en stevig getekend in haar zwarte badpak, borsten van een achttienjarig meisje. We betalen deze meisjesborsten met kinderloosheid, denkt de man nu. En hij verwondert zich over die plotselinge inval, want als vastberaden verdediger van zijn eigen, met niemand gedeelde welbehagen heeft hij nooit de wens naar kinderen gekoesterd.

Eén seconde lang meet hij Amelies ogen met zijn blik. Ze zijn groenachtig vandaag en heel helder. Leonidas kent deze wisselende en gevaarlijke kleurschakeringen heel precies. Op bepaalde dagen heeft zijn vrouw meteorologisch veranderlijke ogen. 'Aprilogen' heeft hij dat eens genoemd. Op zulke dagen moet men voorzichtig zijn. Dan hangen er scènes in de lucht bij de geringste oorzaak. Die ogen zijn trouwens het enige dat in vreemde tegenspraak is met Amelies jongemeisjesimago. Ze zijn ouder dan zijzelf. De geschilderde wenkbrauwen maken de ogen star. Schaduwen en blauwige moeheid omringen ze met de eerste vermoedens van aftakeling. Zo ook hopen stof en roest zich op in sommige hoekjes van zelfs de schoonste kamers. In de blik van de vrouw die hem vasthoudt ligt iets bijna afgeleefds.

Leonidas wendde zich af. Toen zei Amelie: 'Zou je niet eindelijk je post doornemen?' 'Hoogst vervelend,' mompelde hij, terwijl hij ongelovig het stapeltje brieven bekeek, waarop zijn hand nog steeds uitstellend en bezwerend rustte. Dan bladerde hij vlug als een kaartspeler door het kleine dozijn en monsterde het met de routine van de ambtenaar die de belangrijkheid van de ingekomen post met een half oog vaststelt. Elf brieven waren het, tien daarvan in machineschrift. Des te dwingender sprong het bleekblauwe handschrift van de elfde uit de eentonige rij naar voren. Het weidse handschrift van een vrouw, een beetje streng en steil. Leonidas liet onwillekeurig zijn hoofd wat zakken, want hij voelde dat hij asgrauw geworden was. Hij had enkele seconden nodig om zich te herstellen. Zijn handen wachtten onbeweeglijk op het moment waarop Amelie een vraag zou stellen over dit bleekblauwe handschrift. Maar Amelie vroeg niets. Ze keek aandachtig in de krant die naast haar couvert lag, als iemand die zichzelf moeizaam verplicht heeft om de gang van zaken in de wereld te volgen. Leonidas zei iets om iets te zeggen. Hij gruwde van de onechtheid van zijn toon: 'Je had gelijk, niets dan saaie gelukwensen…'

Daarna schoof hij – weer die handigheid van de ervaren kaartspeler – de brieven samen en stak ze met een voorbeeldige nonchalance op zak. Zijn handen wisten zich heel wat natuurlijker te gedragen dan zijn stem. Amelie keek niet op van haar krant toen ze zei: 'Als het jou om het even is, dan wil ik heel dat vervelende rommeltje wel voor je beantwoorden, León...'

Maar Leonidas was al opgestaan, weer helemaal meester van zichzelf. Hij streek zijn grijze colbert glad, trok de manchetten uit de mouwen, legde vervolgens zijn handen in zijn smalle taille en wiegde enkele keren op de toppen van zijn tenen, als kon hij op die manier de lenigheid van zijn prachtige, welgevormde lichaam testen en ervan genieten: 'Je bent te goed om mijn secretaresse te zijn, lieve schat,' lachte hij energiek en spottend. 'Dat handelen mijn jonge medewerkers af in een handomdraai. Ik hoop dat jij geen te saaie dag hebt. En vergeet niet dat we vanavond naar de opera gaan...'

Hij boog zich naar haar toe en kuste haar uitgebreid en teder op het haar. Zij keek hem recht in het gelaat met haar blik die ouder was dan zijzelf. Zijn smalle gezicht was rozig, fris en heerlijk glad geschoren. Hij straalde van gladheid, van een onverwoestbare gladheid die haar sinds jaar en dag verontrustte en betoverde.

HOOFDSTUK II

De eeuwige en onveranderlijke terugkeer

Na zijn afscheid van Amelie verliet Leonidas het huis nog niet onmiddellijk. De brief met het bleekblauwe vrouwenhandschrift brandde te zeer in zijn zak. Op straat las hij nooit brieven of kranten. Dat paste niet voor een man van zijn rang en aanzien. Anderzijds had hij evenmin het onschuldige geduld om te wachten tot hij zich, door niemand gestoord, in zijn grote bureau in het ministerie zou bevinden. En dus deed hij wat hij zo dikwijls als knaap gedaan had, telkens als hij een geheimpje te verbergen, een schuin plaatje te bekijken of een verboden boek te lezen had. Deze vijftigjarige man, die door niemand bespioneerd werd, keek schichtig om zich heen en sloot zich dan, net zoals ooit de vijftienjarige knaap, voorzichtig op in het best beschermde kamertje van het huis.

Daar staarde hij met ontzette ogen lange tijd naar het strenge en steile vrouwenhandschrift, woog de lichte brief onophoudelijk op zijn hand en durfde hem niet open te maken. Met almaar persoonlijker zeggingskracht keken de sobere pennentrekken hem aan en vulden geleidelijk zijn hele wezen als met een gif dat de polsslag stillegt. Dat hij Vera's handschrift nog eens onder ogen zou krijgen, had hij zelfs in zijn somberste angstdroom niet meer voor mogelijk gehouden. Wat voor een onverklaarbare en onwaardige schrik had hij daarnet gevoeld, toen van tussen zijn routinepost plotseling haar brief hem aanstaarde? Het was een schrik uit de vroege jaren van zijn leven, helemaal dezelfde. Zo mag een man niet schrikken die zijn top bereikt heeft en zijn loopbaan haast voltooid. Gelukkig had Amelie niets gemerkt. Waarom die schrik, die hij nog altijd in zijn ledematen voelde? Het is toch gewoon een ouwe domme historie, een banale dwaasheid uit zijn jeugd, al twintig keer verjaard.

Hij heeft wel meer op zijn geweten dan die affaire met Vera. Als hoog staatsambtenaar wordt hij dagelijks gedwongen de loop van mensenlevens te beïnvloeden met zijn beslissingen, niet zelden zeer pijnlijke beslissingen. Waar hij zich bevindt, is men een beetje als God. Men ontketent iemands lot. Men legt het weer terzijde. Levenslopen verhuizen van de schrijftafel van het leven naar de archiefkast van het afgehandeld zijn. En na verloop van tijd lost alles ongemerkt in het niets op, godzijdank. Ook Vera leek reeds lang ongemerkt in het niets te zijn opgelost.

Het moest minstens vijftien jaar geleden zijn, dat hij voor het laatst een brief van Vera in zijn hand had gehouden, net zoals nu, in een gelijkaardige situatie daarenboven en in een niet minder ellendig kamertje. In die tijd kende Amelies jaloezie werkelijk geen grenzen en haar wantrouwige scherpe geest rook voortdurend onraad. Er restte hem toen niets dan de brief te verscheuren.

Dat was toen! Dat hij de brief toen ongelezen verscheurde, was iets totaal anders. Het was een lafhartige, gemene en schofterige streek. Leonidas, de lieveling van de goden, maakte zich deze keer niets wijs. De brief van toen heb ik ongelezen verscheurd, en ook die van vandaag zal ik ongelezen verscheuren, gewoon omdat ik niets wíl weten. Op wie niets weet, heeft men geen aanspraak. Wat ik vijftien jaar geleden niet in mijn bewustzijn heb toegelaten, hoef ik nu zeker niet toe te laten.

Die zaak is afgehandeld, geklasseerd, ze bestaat niet meer. Ik beschouw het als mijn absolute ongeschreven recht dat die zaak niet meer bestaat. Het is ongehoord dat deze vrouw me opnieuw van zo dichtbij met haar bestaan confronteert. Hoe zou ze het nu stellen overigens, hoe zou ze er nu uitzien?

Leonidas kon zich zelfs niet bij benadering voorstellen hoe Vera er nu uitzag. Erger nog, hij wist niet meer hoe ze er toen had uitgezien, ten tijde van de enige echte liefdesroes in zijn leven. De blik van haar ogen kon hij niet meer oproepen, evenmin als de glans van haar haar, haar gezicht, haar figuur. Hoe meer moeite hij deed om haar onbegrijpelijk verdwenen beeld weer op te roepen, des te hopelozer werd de leegte die ze als met spottende bedoelingen in hem had achtergelaten. Vera was als het ware het pijnlijke symptoom van de gebrekkigheid van zijn overigens goed onderhouden en kalligrafisch gave herinneringen. Verdorie toch, waarom wilde ze nu opeens niet meer blijven wat ze vijftien jaar lang geweest was, een overwoekerd graf dat men haast niet meer vindt?

Met onloochenbare boosaardigheid materialiseerde deze vrouw, die de ontrouwe geliefde beroofde van haar beeld, heel haar persoonlijkheid in de enkele woorden van het adres. Ze waren vol van haar angstaanjagende aanwezigheid, deze fijne pennentrekken. Het diensthoofd begon te zweten. Hij hield de brief vast, als was het de dagvaarding voor een rechtszaak, neen, als was het het vonnis van die zaak zelf.

En plotseling was het weer die julidag van vijftien jaar geleden, helder en blauw, tot in zijn meest vluchtige details.

Vakantie! Heerlijke Alpenzomer in Sankt Gilgen. Leonidas en Amelie zijn nog niet zo lang getrouwd. Ze logeren in een verrukkelijk hotelletje aan de oever van het meer. Vandaag hebben ze met vrienden afgesproken om een niet al te zwaar bergtochtje te maken. Zo dadelijk zal aan de steiger vlak voor het hotel de kleine stoomboot aanleggen die hen naar het vertrekpunt van hun wandeling moet brengen. De hal van het hotel lijkt op een ontzettend grote boerenkamer. Door het getraliede en door wilde wingerd overschaduwde raam dringt de zon naar binnen met schaarse en stroperige honingdruppels. De kamer is vrij duister. Het is echter een volgezogen duisternis, die de ogen merkwaardigerwijs bijna verblindt.

Leonidas gaat naar de receptie en vraagt zijn post. Drie brieven zijn er, één toont het steile strenge vrouwenhandschrift in de bleekblauwe kleur. Dan voelt Leonidas dat Amelie achter hem staat. Vertrouwelijk legt ze haar hand op zijn schouder. Ze vraagt of er voor haar geen post is. Hoe hij erin slaagt de brief van Vera te verbergen en in zijn zak te moffelen, weet hij zelf niet. Het amberkleurige duister helpt hem daarbij. Gelukkig verschijnen net dan de vrienden die ze verwachtten. Na de vrolijke begroeting verdwijnt Leonidas onopvallend. Vijf minuten heeft hij nog om de brief te lezen. Hij leest hem echter niet, maar draait hem ongeopend om en om.

Vera schrijft hem na drie jaar van doods zwijgen. Ze schrijft hem, nadat hij zich gemener en vreselijker gedragen heeft dan ooit een man zich tegenover een geliefde gedroeg. Om te beginnen was er die laffe en vuile leugen, hij was immers al drie jaar getrouwd zonder het haar te bekennen. En dan dat geraffineerde, achterbakse afscheid aan het treinraam: 'Goeie reis, mijn liefste! Nog twee weken en je bent bij me.' Na die woorden is hij gewoonweg verdwenen, van het bestaan van juffrouw Vera Wormser heeft hij verder geen notitie meer genomen. Als ze hem vandaag schrijft, dan houdt dat bij iemand als Vera een ontzettende zelfoverwinning in. Deze brief kan bijgevolg niets anders zijn dan een kreet om hulp vanuit de diepste nood. En wat het ergste is: Vera heeft deze brief hier geschreven. Ze is in Sankt Gilgen. Achterop de omslag staat het zwart op wit. Ze verblijft in een pension op de andere oever.

Leonidas neemt zijn zakmes om de envelop open te snijden, aanstellerij die tegelijk bespottelijk en verraderlijk is. Maar hij knipt het mes niet open. Als hij immers de brief leest, als datgene zekerheid wordt wat hij zich niet eens durft voor te stellen, dan is er geen weg meer terug. Een paar seconden lang overweegt hij de mogelijkheid en de gevolgen van een biecht. Welke God kan van hem echter vragen dat hij zijn piepjonge vrouw, zijn Amelie Paradini die hem zo fanatiek bemint, die de wereld met verstomming sloeg door precies hem te trouwen, wie kan van hem verwachten dat hij dit verwende en wonderlijke schepseltje zo maar zou verpletteren met de bekentenis dat hij haar al na één jaar huwelijk op de meest doortrapte manier bedrogen had? Daarmee zou hij enkel zijn eigen leven en dat van Amelie overhoopgooien, zonder dat Vera daar enige baat bij zou vinden.

Radeloos staat hij daar in dat kleine kamertje, terwijl de seconden wegtikken. Hij wordt misselijk van angst en van het besef van zijn eigen laagheid. De o zo lichte brief ligt loodzwaar in zijn hand. Het papier van de envelop is zeer dun en niet gevoerd. Vaag schijnen de regels erdoorheen. Hier en daar probeert hij wat te ontcijferen. Tevergeefs. Een hommel zoemt door het open raampje naar binnen en is nu zijn medegevangene. Verlatenheid, verdriet en schuld bevangen hem, en dan plotseling een hevige woede tegen Vera. Ze leek het nochtans begrepen te hebben. Een kort en hevig geluk, een geschenk van het toeval en van zijn leugen. Hij had gehandeld als een antieke god die in een andere gedaante neerdaalt tot een mensenkind. Ligt daarin soms geen adel en schoonheid? Vera scheen eroverheen te zijn, daarvan was hij overtuigd. Want wat er ook met haar gebeurd was, ze had niets van zich laten horen in die jaren sinds zijn verdwijning, geen regel, geen woord, geen persoonlijke boodschap. Alles was zo goed mogelijk afgehandeld en geklasseerd. Dat had hij zeer bij haar gewaardeerd, dit verstandig zich schikken in het onvermijdelijke.

En dan nu deze brief! Enkel door een gelukkig toeval is hij niet in Amelies handen terechtgekomen. En niet alleen is er een brief. Zijzelf is hier, ze achtervolgt hem, ze verschijnt plotseling hier aan dit bergmeer, dat in deze afschuwelijk familiaire julimaand een ontmoetingsplaats is voor de hele wereld.

Bitter denkt Leonidas: Vera blijft toch een 'intellectuele Israëlische'. Hoe ontwikkeld die lui ook mogen zijn, uiteindelijk loopt het toch mank. Vooral waar het op tact aankomt, deze delicate kunst om de medemens geen zielenpijn te bezorgen.

Waarom, bijvoorbeeld, had zijn vriend en medestudent – die hem de succesrok naliet – zich om acht uur 's avonds, dat gezellige uur, en dan nog wel in de aanpalende kamer een kogel door het hoofd gejaagd? Had hij dat niet evengoed ergens anders kunnen doen of op een moment dat Leonidas niet in de buurt was? Neen hoor! Elke daad, ook de meest vertwijfelde, moet zo nodig worden onderstreept en tussen vette aanhalingstekens geplaatst. Altijd net iets te veel of iets te weinig. Het bewijs voor dat zo tekenende tekort aan tact.

Onvoorstelbaar tactloos is het van Vera om in juli naar

Sankt Gilgen te komen, waar Leonidas met Amelie twee weken van zijn meer dan verdiende vakantie komt doorbrengen, wat ze ongetwijfeld te weten gekomen is. Verondersteld dat hij haar nu op de boot zou tegenkomen, wat moet hij dan doen? Hij weet natuurlijk wat hij zal doen: Vera negeren, haar niet groeten, achteloos en vrolijk langs haar heen kijken en met Amelie en het kleine gezelschap grappen en keuvelen zonder zelfs met de ogen te knipperen. Al zou deze weerzinwekkend briljante houding hem duur te staan komen. De hele tijd zal de kwestie aan zijn zenuwen en gemoedsrust knagen, een hele week van zijn toch al korte vakantie die verloren is. Zijn eetlust is weg. Al de volgende dagen zijn vergald. En meteen moet hij tegenover Amelie een aanvaardbaar excuus bedenken om ten laatste de volgende middag al hun verblijf in dit bekoorlijke Sankt Gilgen af te breken. Maar waar ze ook heen gaan, Tirol of het Lido of de Noordzee, overal achtervolgt hen de mogelijkheid die hij zelfs niet durft te denken.

Deze snelle opeenvolging van overwegingen heeft hem de brief in zijn hand even laten vergeten. Nu echter komt hij in de greep van een heftige nieuwsgierigheid. Hij zou eindelijk willen weten waar hij aan toe is. Misschien zijn al zijn sombere veronderstellingen en angsten slechts de producten van zijn zo licht prikkelbare hypochondrie. Misschien zal hij opgelucht ademhalen wanneer hij de brief gelezen heeft.

De dikke hommel, zijn medegevangene, heeft eindelijk de vensterkier gevonden en gonst nu buiten vrij rond. Plotseling is het ontzettend stil in het treurige hokje. Leonidas knipt zijn zakmes uit om de brief open te snijden. Maar dan toet het oude stoomschip, een klein en gammel speelgoedbootje uit vervlogen tijden. Hij kan horen hoe het scheprad het water

doet opschuimen. De schaduw van de wingerd, die een tijd-
lang onbeweeglijk bleef, begint weer te dansen op de muur.
Geen tijd meer nu! Zo dadelijk zal Amelie zenuwachtig roepen: León! Zijn hart bonkt, terwijl hij de brief in kleine stuk-
jes scheurt die hij laat verdwijnen.

De eeuwige en onveranderlijke terugkeer! Zo iets bestaat dus
werkelijk, stelde Leonidas verwonderd vast. Vera's brief van
vandaag had hem in dezelfde smadelijke situatie gebracht als
vijftien jaar geleden. Dat was blijkbaar de oersituatie van zijn
misstappen tegenover Vera en Amelie. Alles klopte tot in de
details. Het ontvangen van de post in aanwezigheid van zijn
vrouw, toen net zoals vandaag. Nu pas las hij op de achterkant
van de brief de naam van de afzendster: 'Dr. Vera Wormser,
loco'. Dan volgde de naam van het Parkhotel dat in de
onmiddellijke nabijheid lag, amper twee straten verder. Vera
was hem dus komen opzoeken, toen net zoals vandaag, om
hem ter verantwoording te roepen. Behalve dan dat in plaats
van een zomerhommel enkele grijze herfstvliegen astmatisch
zoemend zijn gevangenschap deelden. Leonidas betrapte zich
erop, niet zonder verwondering overigens, dat hij stilletjes
lachte. Zijn schrik van daarnet, het onregelmatige bonzen van
zijn hart, dat was niet alleen onwaardig, maar ook idioot. Had
hij de brief niet rustig kunnen verscheuren voor Amelies ogen,
gelezen of ongelezen? Weer iemand die hem lastig viel met een
of ander verzoek, zoals dat zo vaak gebeurde, meer niet. Vijftien
jaar, neen vijftien jaar plus drie. Dat klinkt zo gewoon. Maar
achttien jaar, dat is een onpeilbare metamorfose. Achttien jaar
is meer dan een halve generatie, in achttien jaar tijd vernieuwt
de mensheid zich bijna volledig, het is een oceaan van tijd

die wel andere misdrijven in het niets laat oplossen, heel wat ernstiger dan zijn onbenullige zijstapje in de liefde. Wat was hij toch voor een slappeling, dat hij niet kon loskomen van deze gemummificeerde historie, dat hij daardoor de mooie zielenrust van zijn ochtend verloor, hij een vijftigjarige op de top van zijn loopbaan? Al de misère kwam voort uit de halfslachtigheid van zijn hart, zo constateerde hij. Dat hart van hem was enerzijds te week gestemd, maar anderzijds ook te onstabiel. Bijgevolg leed hij zijn leven lang aan een 'ziek hart'. Deze uitdrukking ging weliswaar tegen de goede smaak in, dat besefte hij zelf wel, maar ze verwoordde nu eenmaal zijn ongepaste zielsgesteldheid op een treffende manier. Was zijn bangelijke overgevoeligheid bij het zien van het bleekblauwe handschrift niet het bewijs van een scrupuleus ridderlijke inborst, die zelfs na verloop van vele jaren een morele fout niet kan vergeten en vergeven? Leonidas beantwoordde die vraag op dat ogenblik met een volmondig 'ja'. En ietwat melancholisch prees hij zichzelf, omdat hij, die toch een algemeen erkend knap en verleidelijk man was, zich behalve de hartstochtelijke affaire met Vera, amper negen, misschien elf onbeduidende zijsprongetjes in zijn huwelijk te verwijten had.

Hij ademde diep en glimlachte. Nu wou hij een definitief punt zetten achter de kwestie Vera. Juffrouw Vera Wormser, doctor in de filosofie, met nog een of andere specialisatie erbovenop. De beroepskeuze alleen wees op een provocerende neiging tot superioriteit. (Juffrouw Wormser? Neen, hopelijk mevrouw. Getrouwd en nog geen weduwe.)

Voor het open raampje stond de opbollende wolkenhemel. Leonidas begon vastberaden de brief in te scheuren. Na amper

twee centimeter hield hij echter op. En toen gebeurde precies
het tegendeel van wat er vijftien jaar geleden in Sankt Gilgen
was gebeurd. Toen wilde hij de brief openen en verscheurde
hem. Nu wilde hij de brief verscheuren en opende hem. De
complexe persoonlijkheid achter het bleekblauwe handschrift,
die zich nu over verschillende regels kon ontwikkelen, keek
hem spottend aan vanop het gehavende blad.

Bovenaan de brief stond in haastige en toch precieze halen
de datum: 7 oktober 1936. Daarin herkent men de mathema-
tica, vond Leonidas, Amelie had in haar hele leven nog nooit
een brief gedateerd. En dan las hij: 'Zeer geachte Heer Diensthoofd'. Goed zo! Tegen zo'n dorre aanspreking is niets in te
brengen. Perfect tactvol, al zou er eventueel een lichte maar
niet te miskennen spot achter kunnen steken. In elk geval laat
dit 'Zeer geachte Heer Diensthoofd' niets al te dreigends vre-
zen. Maar laten we verder lezen!

'Ik ben gedwongen me vandaag in een brief tot U te
wenden. Het gaat niet over mezelf, maar over een jong en
begaafd mens, die – om de algemeen bekende reden – zijn
gymnasium niet kan voortzetten in Duitsland en het daarom
graag hier in Wenen zou afmaken. Naar ik verneem ligt het
in Uw bevoegdheid, geachte heer, om een dergelijke overstap
mogelijk te maken en te bespoedigen. Daar ik hier in mijn
voormalige thuisstad niemand meer ken, beschouw ik het als
mijn plicht een beroep op U te doen in deze voor mij uiterst
belangrijke kwestie. Indien U bereid zou zijn mijn verzoek
in te willigen, dan volstaat het mij daarvan via Uw dienst op
de hoogte te brengen. De jongeman zal zich dan te gepasten
tijde bij U aanmelden om U de noodzakelijke inlichtingen
te verschaffen. Met alle verschuldigde dankbaarheid. Vera W.'

Leonidas had de brief tweemaal gelezen van het begin tot het einde en zonder onderbreking. Daarna stak hij hem met voorzichtige vingers weer op zak, als was het een kostbaar iets. Hij voelde zich slap en moe nu, hij had zelfs niet de kracht om de deur te openen en zijn gevangenis te verlaten. Hoe belachelijk en overbodig leek hem nu zijn kinderachtige vlucht in dit beklemmende toilet. Er was natuurlijk geen enkele reden geweest om deze brief in doodsangst voor Amelie te verbergen. Deze brief had hij rustig geopend kunnen laten liggen en haar zelfs over de tafel aanreiken. Het was een hoogst onschuldige brief, deze o zo angstaanjagende en listige brief. Elke maand kreeg hij wel honderd dergelijke brieven waarin hem om protectie en tussenkomst werd verzocht. En toch, in deze bondige en precieze regels school een verte en een kilte, een afgemeten bedachtzaamheid die hem moreel ineen deed krimpen. Misschien zal later, wie kan het weten, bij het Laatste Oordeel ook zo'n doordacht geformuleerde conclusie worden voorgelezen, die enkel begrijpelijk is voor de schuldeiser en de schuldenaar, voor de moordenaar en zijn slachtoffer, terwijl hij bij al de anderen als betekenisloos overkomt, een versluiering die het allemaal nog veel erger maakt voor de betrokkenen. Weet God eigenlijk wat een domme invallen en opwellingen soms over een bezadigd ambtenaar kunnen komen midden op een klaarlichte oktoberdag? Vanwaar deze gedachten over de Dag des Oordeels in een toch zo zuiver geweten?

Leonidas kende de brief al uit zijn hoofd. 'Het ligt in Uw bevoegdheid, geachte heer.' Dat schrijft ze echt: geachte heer! 'Ik beschouw het als mijn plicht een beroep op U te doen in deze voor mij uiterst belangrijke kwestie.' De droge stijl van een verzoekschrift. En toch een zin met het gewicht van marmer en de ragfijne sluwheid van een spinnenweb voor hem die weet en schuldig is. 'De jonge man zal zich te gepasten tijde bij U aanmelden om U de noodzakelijke inlichtingen te verschaffen.' Noodzakelijke inlichtingen! Deze twee woorden lieten een gapende afgrond zien, terwijl ze hem tegelijkertijd afdekten. Elke deskundige inzake staatsrecht, elk gerenommeerd jurist had met reden trots kunnen zijn op zoveel genadeloze dubbelzinnigheid, vervat in amper twee woorden.

Leonidas was verdoofd. Na een eeuwigheid van achttien jaren had de waarheid hem, de volledig ingekapselde, toch nog ingehaald. Een uitweg was er nu niet meer, evenmin als een terugtocht. Hij kon niet meer ontsnappen aan de waarheid, die hij in een minuut van zwakte toegelaten had. De wereld was nu ten gronde veranderd voor hem, en hij ook voor de wereld. De gevolgen van deze metamorfose waren niet te overzien, dat wist hij zonder dat hij er zich in zijn gekwelde geest een voorstelling van kon maken.

Een onschuldig verzoekschrift! In dit onschuldige verzoekschrift echter had Vera hem meegedeeld, dat ze een volwassen zoon had en dat die zoon ook van hem was.

HOOFDSTUK III

Edelachtbare

Hoewel de tijd al ver gevorderd was, liep Leonidas veel langzamer dan anders door de laan van de Hietzingerwijk. Hij leunde op zijn paraplu, terwijl hij peinzend voortschreed, keek ondertussen echter oplettend in het rond om toch maar geen groet te missen. Hoe vaak moest hij zijn hoed niet afnemen, telkens als de gepensioneerde ambtenaren en burgers uit deze eerbiedwaardig conservatieve buurt hem sierlijk complimenteerden. Zijn jas droeg hij over de arm, want het was onverwacht warm geworden.

In de korte tijdsspanne sinds het moment waarop zijn leven door Vera's brief totaal was omgegooid, was ook het weer op deze oktoberdag verrassend omgeslagen. De hemel was helemaal dicht nu en vertoonde geen schaamteloos naakte plekken meer. De wolken snelden niet meer als scherp gerande rookslierten langs de hemel voort, maar rustten zwaar en onbeweeglijk en hadden de kleur van vuile meubelovertrekken. Overal hing een windstilte als van dik flanel. Het slaan van de motoren, het krijsen van de tram, het straatlawaai in de verte en dichtbij, alles klonk gedempt. Elk geluid was geforceerd en onduidelijk, als vertelde de wereld het verhaal van deze dag met volle mond. Een ongewoon warm en misleidend weer, dat bij oudere mensen de angst voor een plotselinge dood opriep. Dit weer kon alle kanten op: onweer met hagel, humeurige landregen of zelfs een schijnvrede met de herfstzon. Leonidas hield helemaal niet van dit weer, dat de ademhaling beklemde en het blijkbaar op zijn gemoedsgesteldheid gemunt had.

Het naarste effect van deze ziekelijke windstilte was wel dat ze het diensthoofd belette om logisch na te denken en beslissingen te treffen. Het leek hem alsof zijn academisch geschoolde brein niet vrij en soepel werkte zoals anders, maar gehuld in dikke onhandige wollen handschoenen waarmee hij de op hem afstormende vragen niet kon aanpakken en bevatten.

Hij had het vandaag dus moeten afleggen tegen Vera. En dat na een achttien jaar durende stomme strijd, die zich eigenlijk aan de buitenkant van het leven had afgespeeld, zonder daarom minder werkelijk te zijn. Enkel met haar kracht had ze hem gedwongen de brief te lezen, in plaats van hem te verscheuren in een poging om de waarheid nog maar eens te ontvluchten. Of hij daar fout aan gedaan had, dat wist hij nu nog niet, maar dat hij een nederlaag geleden had, dat was zeker, en wat nog veel ingrijpender was: het was een wissel die abrupt werd overgehaald in zijn leven. Sinds een kwartier gleed zijn leven over een nieuw spoor in een onbekende richting. Sinds precies een kwartier had hij immers een zoon. Een zoon van ongeveer zeventien jaar oud. Het besef de vader van een vreemde jongeman te zijn, was geenszins onverwacht uit de hinderlaag van het niets komen opdagen. In het schemerrijk van zijn schuldbewustzijn, zijn angst en zijn nieuwsgierigheid leefde Vera's kind al sinds de onbekende dag van zijn geboorte een dreigend en schimmig bestaan. En nu was, na een schier eindeloze incubatietijd, waarin zijn angst bijna vervlogen was, deze schim plotseling een gedaante van vlees en bloed geworden.

De schijnbaar onschuldige maar geslepen versluiering van de waarheid in Vera's brief kon zijn radeloosheid en ontsteltenis volstrekt niet verzachten. Hoewel hij van het karakter van zijn

vroegere geliefde totaal niets meer wist, dacht hij nu toch,
terwijl hij zijn lippen nijdig samenkneep: Dat is nu typisch
Vera, zo'n krijgslist! Ze blijft vaag. Doet ze dat om mij niet
te compromitteren? Of laat ze me zo nog wat hoop? De brief
biedt me klaarblijkelijk de kans om ook nu nog te ontkomen.
'Indien U bereid zou zijn mijn verzoek in te willigen...' En als
ik daartoe niet bereid ben? Mijn God, dat is het natuurlijk!
Door haar vaagheid bindt ze me dubbel en dwars. Ik kan niet
langer passief blijven. Precies daarom, omdat ze de waarheid
niet schrijft, zorgt ze voor een verificatie van die waarheid.
Denkend aan Vera kwam de juridische vakterm 'verificatie'
zomaar op bij het diensthoofd.

Tegen zijn goede manieren in bleef hij bij het oversteken midden op de rijweg staan, liet een zucht ontsnappen en nam zijn
hoed af om zich het voorhoofd te wissen. Twee auto's toeter-
den boos. Een politieman keek dreigend en verstoord. Leonidas bereikte ongepast springend de overkant. Hij had zich
gerealiseerd dat zijn kersverse zoon grotendeels een Israëlische
knaap was. Daarom mocht hij in Duitsland geen school meer
lopen. En hier in Wenen was Duitsland gevaarlijk dichtbij.
Niemand kon voorspellen hoe de toestand hier zou evolueren.
Het was een ongelijke strijd. Van de ene dag op de andere
konden hier dezelfde wetten van kracht worden als ginds.
Vandaag de dag al was het voor een hoog staatsambtenaar zeer
onbehoorlijk om om te gaan met Vera's ras, enige schitterende
uitzonderingen niet te na gesproken. Wat waren de dagen ver
dat men een rok kon erven van een ongelukkige collega, die
geen gegrondere reden voor zijn zelfmoord vond dan het feit
dat hij de verdoeming die de verafgode Richard Wagner over

zijn volk had uitgesproken, niet meer verdragen kon. En nu, op zijn vijftigste, had hij zomaar ineens zelf een kind dat tot dat volk behoorde.

Een ongelofelijke wending! Het vervolg liet zich zelfs niet voorstellen. Amelie? Maar zo ver zijn we toch nog niet, zo kalmeerde Leonidas zichzelf. Moedig trachtte hij dit geval, waarin hij tegelijk als dader en als slachtoffer verwikkeld was, voor zichzelf zo nauwkeurig mogelijk te verklaren. De ervaren ambtenaar bezit natuurlijk de vaardigheid om van elke zaak een dossier te openen en ze daardoor te onttrekken aan de smeltoven van het leven. Maar Leonidas slaagde er nauwelijks in de nuchtere feiten te reconstrueren, laat staan dat hij nog een zweem tot leven zou kunnen roepen van die zes weken van zijn brandende liefde. Vera maakte zulks onmogelijk, zoals ze hem ook van haar beeld beroofd had. Wat overbleef was schraal. In deze kwellende minuten zou hij niet in staat zijn geweest om voor een rechtbank (welke rechtbank?) een kleuriger beeld van het aangeklaagde misdrijf te schilderen dan wat volgt:

'Het gebeurde in de dertiende maand van mijn huwelijk, Edelachtbare' – zo had zijn droge pleidooi kunnen beginnen. 'Amelie kreeg toen bericht dat haar grootmoeder van moeders kant zwaar ziek was. Deze grootmoeder, een Engelse, was zowat het boegbeeld van de verwaande en snobistische Paradini-miljonairs. Ze verafgoodde haar jongste kleindochter. Om haar aanzienlijke erfdeel veilig te stellen moest Amelie wel naar het landgoed van de stervende in Devonshire reizen. Intriganten en erfenisjagers waren aan het werk en ik beschouwde het als hoogstnoodzakelijk dat mijn vrouw niet van de zijde van de oude dame week tijdens die laatste uren. Jammer genoeg duurden die laatste uren drie volle maanden.

Ik meen dat ik de waarheid geen geweld aandoe als ik zeg dat we allebei, Amelie en ik, oprecht wanhopig waren over deze eerste scheiding. Of om helemaal eerlijk te zijn, misschien heb ik terzelfder tijd wel een aangename opwinding gevoeld, nu ik voor enige tijd weer vrij was en mijn eigen baas. In de beginjaren van ons huwelijk was Amelie immers nog heel wat vermoeiender, wispelturiger, humeuriger en jaloerser dan tegenwoordig, nu ze geleerd heeft om zich, ondanks haar oorspronkelijk ontembare karakter, aan te passen aan mijn bezadigde levensritme. Door haar rijkdom had ze macht over me, en het was dan ook makkelijk voor haar om de *fée caprice* te spelen. Dergelijke nogal primaire verhoudingen tussen mensen laten zich nu eenmaal niet omverwerpen door culturele bagage, vorming, opvoeding of andere luxegoederen.

Het afscheid in Wenen-West was in elk geval zwaar en met tranen overgoten. Rond die tijd ook had mijn ministerie besloten me naar Duitsland te zenden, waar ik het voortreffelijk georganiseerde hoger onderwijs van dichtbij kon leren kennen. Uitbouw en beheer van universitaire instellingen, dat is, zoals men weet, mijn eigenlijke vak en mijn specialiteit. Op dat gebied heb ik het een en ander gepresteerd dat niet meer weg te denken is uit de geschiedenis van het onderwijs in mijn vaderland.

Amelie van haar kant vond het prima dat ik voor de duur van onze scheiding naar Heidelberg zou gaan. Ze zou er erg onder geleden hebben, indien ze me in het grote, verleidelijke Wenen had moeten achterlaten. Daarnaast leken de bekoringen van een aardig Duits universiteitsstadje haar vederlicht. Ik moest haar zelfs plechtig beloven dat ik de dag na haar vertrek al Wenen zou verlaten om me onverwijld aan mijn nieuwe taak te wijden. Stipt hield ik me aan mijn belofte, want ik moet bekennen dat Amelie me tot op vandaag nog een zekere vrees inboezemt. Ik heb haar superieure positie nooit weten aan te tasten. Dat ze het in haar hoofd gehaald had om de kleine ambtenaar die ik ooit was tegen alle weerstand in toch te trouwen, dát was de extravagantie van een zeer verwend iemand, van wie elke gril moet worden ingewilligd. Wie veel heeft, hem zal veel nog worden gegeven. Ik ben, dat staat buiten kijf, een deel van Amelies bezittingen geworden.

Zeer groot zijn de voordelen om aan een onafhankelijke, steenrijke vrouw toe te behoren, die uit een financieel en maatschappelijk machtige familie stamt. De nadelen zijn echter niet minder groot. Zelfs de strenge scheiding van goederen waaraan ik steeds principieel vasthield, kon niet verhinderen dat ook ik door een natuurwet, inherent aan de grote fortuinen, een soort bezit werd zonder eigen wil. In de eerste plaats, als ik Amelie verlies, heb ik duidelijk meer te verliezen dan zij wanneer zij mij verliest. (Al geloof ik niet, dat Amelie zo'n verlies zou overleven.) Om al deze redenen was ik van in het begin onzeker en bang. Er waren dan ook een niet aflatende zelfbeheersing en voorzichtigheid nodig om deze vernederende zwakheid niet uit te stralen en voortdurend de speelse en vrolijke man te blijven, die zich zijn succes met een nonchalant schouderophalen laat welgevallen.

Vierentwintig uur na ons roerende afscheid kwam ik in Heidelberg aan. Bij de ingang van het plaatselijke luxehotel maakte ik rechtsomkeert. Ik walgde plotseling van het weelderige leventje waarin ik door mijn huwelijk terecht was gekomen. Het was alsof ik heimwee had naar de ontberingen en het gebrek van mijn eigen studietijd. Daarbij kwam dat ik als opdracht had het doen en laten van de studenten hier te bestuderen. Daarom huurde ik een kamer in een benauwd en goedkoop studentenpension. Al bij de eerste maaltijd aan de gemeenschappelijke tafel zag ik Vera. Of beter: ik zag Vera Wormser terug.

Voor alles wat ik nu nog wil verklaren, Edelachtbare, vraag ik uw bijzondere inschikkelijkheid. Het is namelijk zo dat ik me de feiten die me ten laste worden gelegd niet echt kan herinneren, hoewel ze me natuurlijk bekend zijn als laakbare gebeurtenissen uit mijn eigen leven. Ik heb er weet van, ongeveer zoals men iets weet dat men lang geleden ergens gelezen heeft. Men kan het gebrekkig navertellen. Het leeft echter niet in het innerlijk zoals het eigen verleden. Het is abstract en leeg. Een pijnlijke leegte, waarvoor elke poging tot emotioneel herbeleven terugschrikt.

Er is om te beginnen mijn geliefde zelf, juffrouw Vera Wormser, toen nog studente in de filosofie. Ik weet dat ze, toen we elkaar weer tegenkwamen in Heidelberg, tweeëntwintig was, negen jaar jonger dan ik, drie jaar ouder dan Amelie. Ik weet ook dat ik nooit een rankere en sierlijkere verschijning gekend heb dan juffrouw Wormser. Amelie is groot en slank. Ze moet echter onophoudelijk vechten voor deze slankheid, want van nature neigt haar vorstelijke gestalte naar molligheid. Zonder dat we daar ooit over spraken, had Amelie instinctief zeer precies begrepen dat al het pompeus-vrouwelijke me koud liet en dat ik een onoverwinnelijke aantrekkingskracht voelde voor kinderlijke, etherische, doorzichtige, ontroerend tengere, breekbare vrouwen, vooral wanneer ze dan nog over een schrandere en onverschrokken geest beschikken. Amelie is donkerblond, Vera heeft nachtzwart glanzend haar met een scheiding in het midden, en in aangrijpend contrast daarmee diepblauwe ogen. Ik vermeld dit, omdat ik het weet, niet omdat ik het voor me zou zien. Ik zie juffrouw Wormser, die eens mijn geliefde was, niet met mijn innerlijke oog. Zo ook heeft men soms de idee van een melodie in zijn hoofd zonder dat men de melodie zelf kan weergeven.

Al jaren kan ik me deze Vera van Heidelberg niet meer voor de geest halen. Altijd dringt zich een andere Vera ertussen. De veertien- of vijftienjarige Vera namelijk, zoals ik ze als straatarme student voor het eerst aanschouwd heb.

De familie Wormser had hier in Wenen gewoond. Vader Wormser was een arts met een drukke praktijk, een kleine, fijngebouwde man met een zwart-grijs baardje, die niet veel zei, en die zelfs aan tafel onverwacht een medisch tijdschrift of een brochure te voorschijn kon halen, waarin hij zich dan verdiepte zonder nog acht te slaan op de anderen. Door hem leerde ik de 'intellectuele Israëliet' par excellence kennen, met zijn verafgoding van het geschreven woord, met zijn diepe geloof in de positieve wetenschap, dat bij zulke mensen de natuurlijke instincten en gelatenheid vervangt. Hoezeer was ik toen onder de indruk van een dergelijke ongeduldige gestrengheid, die geen erkende waarheden zomaar onnadenkend aanneemt. Ik voelde me nietig en verward naast zijn scherpe ontledende geest. Hij was al geruime tijd weduwnaar, en op zijn droefgeestige gelaatstrekken lag onuitwisbaar een spottende glimlach. Het huishouden werd geleid door een oudere dame die tegelijk als secretaresse en assistente fungeerde. Dokter Wormser was, naar men zei, een arts die heel wat verlichte geesten van de faculteit ver achter zich liet inzake kennis en trefzekere diagnoses.

Men had me in dit huis aanbevolen om er Jacques, Vera's broer van zeventien, voor te bereiden op zijn examen. Door een langdurige ziekte had hij immers verscheidene maanden van het schooljaar gemist, en nu moesten de leemten in aller ijl worden opgevuld. Het was een bleke, slaperige jongen, tegenover mij gesloten op het vijandige af, die me door zijn verstrooidheid en innerlijke weerstand (waarvan ik nu de oorzaak ken) meer dan eens het bloed onder de nagels vandaan heeft gehaald. In de eerste weken van de oorlog is hij als vrijwilliger gesneuveld. Bij Rawaruska.

Hoe blij was ik echter dat ik in die moeilijke periode uit mijn leven een stabiele betrekking als huisleraar had gevonden. Tot dan had ik geen toekomst voor me. Dat ik amper een semester later al de sprong zou maken uit mijn benauwde onderwereld naar de stralende bovenwereld, zou zelfs een robuustere natuur niet hebben durven te dromen. Ik meende al het grote lot te hebben getrokken, omdat ik in huize Wormser, zonder dat zulks door mij gevraagd was, dagelijks bij het middagmaal geduld werd. De dokter kwam meestal tegen één uur thuis. Jacques en ik zaten dan nog over de studieboeken gebogen. Hij riep ons aan tafel, waarbij hij, vanwege mijn onzalige voornaam, meermaals het beroemde grafschrift van de antieke Leonidas en zijn helden parodieerde:

"Reiziger, gij die in Sparta komt,
Verkondig ginds dat ge

Ons hier hebt zien smullen,

Zoals de wet het ons bevolen had."

Een vriendelijk grapje, waardoor ik me echter iedere keer beschaamd en beledigd voelde.

Het middagmaal bij dokter Wormser werd een verworven recht voor me. Vera kwam bijna elke dag te laat. Zoals haar broer liep ook zij gymnasium, maar haar school lag in een andere wijk en de weg naar huis was lang. Ook haar haar was toen nog lang. Het viel op haar tengere schouders. Haar gezichtje, dat uit maansteen gesneden leek, werd beheerst door de grote ogen die helemaal in de schaduw lagen. Hun verpletterende blauw onder de zwarte wenkbrauwen en wimpers leek wel verdwaald te zijn uit een koele verte. Zelden kruiste ik haar blik, de meest trotse en afwijzende meisjesblik die ik ooit moest ondergaan. Ik was immers maar de leraar van haar broer, een eenvoudig studentje, flets, met pukkels in het gezicht en ontstoken ogen, kortom de onbeduidende nietigheid en onzekerheid in persoon. Ik overdrijf niet. Tot op dat onvoorstelbare keerpunt in mijn leven was ik ongetwijfeld een lelijke, onhandige pummel die zich door iedereen veracht voelde en door de vrouwen uitgelachen. Ik had, om het zo te zeggen, de diepste diepte van mijn bestaan bereikt. Niemand had toen een cent willen geven voor de toekomst van deze sjofele student. Ik trouwens evenmin. Mijn zelfvertrouwen was beneden nul. Hoe kon ik toen, in die ellendige maanden, vermoeden, dat ik mezelf weldra grenzeloos zou verbazen. (Alles gebeurde als zonder toedoen van mijzelf.) Met mijn drieëntwintig jaar was ik in al mijn ellende een nog niet volledig ontwikkelde schim. Vera daarentegen, die toch nog een kind was, leek veel rijper en zelfzekerder dan haar leeftijd. Telkens als aan tafel haar ogen even langs me heen gleden, verstarde ik onder de arctische koude van hun onverschilligheid. Dan wilde ik in het niets oplossen, opdat Vera met haar prachtige ogen niet langer tegen de meest onappetijtelijke en onsympathieke mens ter wereld zou hoeven aan te kijken.

Behalve geboorte en dood vindt de mens nog een derde catastrofale trede op zijn levensweg. De 'sociale verlossing' zou ik die trede willen noemen, zonder helemaal tevreden te zijn met deze nogal hoogdravende formulering. Ik bedoel ermee de krampachtig schokkende overgang van de totale betekenisloosheid van de jonge mens naar zijn eerste zelfbevestiging binnen de bestaande orde. Hoevelen gaan aan die stap niet ten onder of worden erdoor getekend voor het leven! Het is voorwaar een mooie prestatie vijftig jaar oud te worden in eer en waardigheid. Op mijn drieëntwintigste immers, wat vrij laat is, wenste ik mezelf alle dagen dood, vooral wanneer ik bij dokter Wormser aan tafel zat. Met wild kloppend hart wachtte ik ieder keer op Vera's zwevende entrée. Als ze in de deuropening verscheen, vervulde dat mij met een verschrikkelijke zaligheid, die me de keel toekneep. Ze kuste haar vader op het voorhoofd, gaf haar broer een klap op de schouders en reikte mij afwezig de hand. Nu en dan richtte ze zowaar het woord tot me. Meestal waren het vragen over een onderwerp dat die dag op school ter sprake was gekomen. Ik trachtte dan met enthousiaste stem indruk op haar te maken en mijn licht te laten schijnen. Het lukte me nooit. Vera stelde haar vragen namelijk niet alsof ze een onfeilbare bron van kennis nodig had – de rol die ik mezelf toebedacht had –, neen, ze stelde haar vragen alsof ik een examinandus was en zij de examinator. Niets nam ze zomaar op goed vertrouwen aan. Daarin was ze helemaal de dochter van haar vader. Als ze mijn ijdele sermoen afbrak met een onverwacht en onverbiddelijk 'En waarom is dat zo?', terwijl haar ogen langs me heen keken, stond ik sprakeloos van verwarring door zo'n zin voor waarheid. Zelf had ik nooit 'Waarom?' gevraagd en niet in het minst getwijfeld aan de uiteindelijke juistheid van alles wat ik geleerd had. Niet voor niets was ik de zoon van een schoolvos die het memoriseren van de leerstof als de beste methode beschouwde. Vera zette ook meer dan eens een val voor me op. En in mijn ijver trapte ik in die vallen. Dan glimlachte dokter Wormser eens, moe van ironie of ironisch van moeheid, wie kon bij hem dat onderscheid maken? Vera's intellect, haar kritische zin, haar onverzettelijkheid werden enkel overtroffen door de ongenaakbare bekoorlijkheid van haar verschijning, die me iedere keer weer de adem benam.

Als ik mijn zoveelste nederlaag opgelopen had, hield ik nog wanhopiger van het meisje. Ik beleefde enkele weken van afschuwelijke sentimentaliteit. 's Nachts weende ik mijn kussen nat. Ik, die enkele jaren later de meest aanbeden schoonheid van Wenen de mijne kon noemen, ik geloofde tijdens deze ellendige weken dat ik het strenge schoolmeisje Vera nooit waardig zou zijn. Ik was dronken van radeloosheid. Vooral twee wezenstrekken van mijn aanbedene wierpen me iedere keer terug in de afgrond van mijn waardeloosheid: de reinheid van haar denken en een zoete uitzonderlijkheid die me bijna deed rillen van verrukking. Mijn enige overwinning was, dat ik uiterlijk onbewogen bleef. Ik keek Vera nauwelijks aan en legde me erop toe aan tafel zo strak en onaangedaan mogelijk te kijken.

Maar zoals het meestal gaat met sentimentele pechvogels, zo verging het mij ook. Telkens opnieuw overkwam me iets doms of beging ik een onhandigheid, waardoor ik me belachelijk maakte. Ik liet een Venetiaans glas waaraan Vera bijzonder gehecht was op de grond vallen. Ik morste rode wijn op het schone tafelkleed. Uit pure verlegenheid en domme trots bedankte ik voor de spijzen en verliet de tafel even hongerig als toen ik ging zitten, zonder vooruitzicht op een avondmaal. Een zinloze, maar heldhaftige verzaking, die echter op Vera niet de minste indruk maakte. Eens bracht ik zelfs de prachtigste rozen met lange stelen mee – mijn kamerhuur bleef ik bijgevolg schuldig –, maar ik had de moed niet ze Vera te overhandigen en verborg ze in de hal terstond achter een kast, waar ze roemloos vergingen. Kortom, ik gedroeg me als de schuchtere minnaar uit oude theaterkluchten, alleen nog stroever en lachwekkender. Een andere keer, toen we al aan het dessert zaten, merkte ik hoe mijn veel te knellende broek op de meest kritieke plaats scheurde. Mijn jasje, waar ik uitgegroeid was, kon deze plaats niet bedekken. Lieve hemel, hoe moest ik na de maaltijd voorbij Vera komen zonder dat ze het ontdekte? Nooit in mijn leven, noch vroeger, noch later, ben ik door z'n hel gegaan als toen in die prangende minuten.'

- U ziet, Edelachtbare, hoe wazig mijn herinnering wordt, wanneer ik ze op huize Wormser richt en op de tijd van mijn eerste en laatste ongelukkige liefde. Ik zou niets kunnen inbrengen indien u mij zou vermanen.
- Blijf bij de zaak, aangeklaagde. Wij zijn geen zielendokters, maar rechters. Waarom valt u ons lastig met de hartenkwellingen van een jongeling die met veel vertraging de nawerkingen van zijn puberteit nog niet overwonnen had? Uw schuchterheid is ondertussen wel helemaal voorbij, dat zal u zeker toe-

geven. Toen u de rok van de zelfmoordenaar erfde en voor de spiegel constateerde dat die u goed stond en van u een knappe jongeman maakte, toen werd u op slag iemand anders, of beter, u werd uzelf. Wie wilt u dus ontroeren met uw vervelende geschiedenissen? Ziet u ook maar iets in het kinderachtige gedweep dat u hier voor ons ten toon spreidt, een verontschuldiging misschien voor uw latere gedrag?

- Ik zoek helemaal geen excuses, Edelachtbare.

- We stellen vast dat u tijdens uw dienst in huize Wormser uw gevoelens op geen enkele manier liet blijken tegenover het veertien- of vijftienjarige meisje?

- Op geen enkele manier.

- Gaat u dan door, aangeklaagde. U had dus een kamer gehuurd in een studentenpension te Heidelberg, en daar hebt u uw slachtoffer weer ontmoet.

- Inderdaad, ik had een kamer gehuurd in dat kleine pension en ontmoette er al bij de eerste maaltijd Vera Wormser, voor het eerst na zeven jaar. Nadat Jacques dankzij mijn hulp geslaagd was voor zijn eindexamen, was de familie Wormser naar Duitsland verhuisd. Men had de dokter de leiding van een privékliniek in Frankfurt aangeboden en hij was ingegaan op dat aanbod. Toen ik Vera echter terugzag, waren haar vader en broer al niet meer in leven. Ze stond helemaal alleen, maar hield vol dat ze zich niet zozeer verlaten voelde als wel vrij en zelfstandig. Het toeval had het zo gewild dat ik naast haar zat aan de lange tafel...

Hier onderbreek ik mijn verhaal even, Edelachtbare, omdat ik wel merk dat mijn manier van uitdrukken almaar meer stokt en stroever wordt. Hoe meer ik me concentreer, des te pijnlijker faalt mijn voorstellingsvermogen. Ik nader het taboe, de verboden kamer van mijn herinnering. Daar vind ik bijvoorbeeld de discussie die al bij de eerste maaltijd in het pension ontbrandde. Ik herinner me dat er een discussie uitbrak over een of ander wetenschappelijk twistpunt dat toen erg in de mode was. Ik herinner me ook dat Vera mijn felste tegenstander was. Ondanks mijn voor het overige zeer betrouwbare geheugen herinner ik me niets meer van de inhoud van de discussie. Ik veronderstel dat ik tegenover Vera's scherpe kritiek een conventioneel standpunt verdedigde, waardoor ik me van de bijval van de meerderheid verzekerde. Ja waarlijk, deze keer leed ik geen nederlaag meer zoals eertijds aan de familiedis van de goede dokter. Nu was ik éénendertig, afgezant van een ministerie, smaakvol gekleed, ik was reeds gesignaleerd in het gezelschap van de rector magnificus, ik had geld in overvloed, ik leefde innerlijk en uiterlijk in een toestand van royale superioriteit tegenover dit jonge volkje waartoe ook Vera behoorde. Ik had de laatste jaren buitengewoon veel geleerd, ik had van mijn superieuren afgekeken hoe ik op een beminnelijke en beleefde manier gelijk kon halen en gezag hebben. Deze manier van doen is trouwens een wijze kwaliteit van onze oude Oostenrijkse ambtenarentraditie. Ik verstond de kunst van het discussiëren. Meer nog, ik kon met zoveel beheersing discussiëren dat alle anderen zwegen. Ik was met heel wat hooggeplaatste personen in nauwer contact gekomen en hun inzichten en opinies hanteerde ik vlot ter ondersteuning van mijn eigen inzichten.

Ik kende dus de elite niet alleen, ik maakte er zelf ook deel van uit. Voor zijn sociale verlossing overschat de burgerlijke jonge mens de moeilijkheden die gepaard gaan met die sprong in de wereld. Ik, bijvoorbeeld, heb mijn verbazingwekkende carrière volstrekt niet aan uitzonderlijke eigenschappen te danken, maar aan drie muzikale talenten: een scherp oor voor de menselijke ijdelheden, mijn gevoel voor tact en – nu komt het belangrijkste van de drie – een uiterst soepele bedrevenheid in het nabootsen, een talent dat ongetwijfeld in mijn karakterzwakte wortelt. Daarzonder was ik, die zelfs geen flauwe notie had van de wisselpas, nooit een van de meest geliefde walskoningen uit die tijd geworden. Als een grote meneer kon de zielige huisleraar van weleer zijn toenmalige aanbedene nu van repliek dienen.

Ik meen me te herinneren dat Vera, na een aanvankelijke afkeuring, me met steeds grotere verbazing en steeds grotere en blauwere ogen aankeek. Dat mijn vroegere verliefdheid op slag weer wakker werd, meen ik me niet alleen te herinneren, neen, dat weet ik heel zeker. Het spel tussen mensen, tussen man en vrouw, had ik ondertussen geleerd. Het was echter geen gewoon stout spelletje, het was een onontkoombare dwang, stap voor stap een schuld tegemoet die van bij de aanvang vaststond. Ik meen nog te weten dat ik me goed beheerste, dat ik mijn opgevlamde gevoelens goed verborg, niet uit zielige trots zoals vroeger, maar omdat ik een duidelijk en lokkend doel voor ogen had. Ik overlegde heel precies hoe ik me elke dag meer kon doen gelden, zowel wat mijn verzorgde uiterlijk als wat mijn geest betrof. Meer nog dan door de kleine goedgekozen attenties die ik haar bewees, veroverde ik Vera doordat ik haar liet verstaan dat ik in mijn hart haar onbekommerd radicale opvattingen wel deelde, maar dat mijn hoge positie en het staatsbelang me dwongen om een meer gematigde lijn aan te houden. Ik geloof dat ze bloosde van tevredenheid toen ze er zeker van was dat ze me genezen had van 'de leugen van de conventie'.

Zo wachtte ik voorzichtig op het juiste moment. Op het moment dat men het in zekere zin aanvoelt. Dat moment kwam vlugger dan ik had durven te hopen. Het was al op de vierde of de vijfde dag van mijn verblijf dat Vera zich aan me gaf. Ik zie haar gezicht niet meer voor me, maar ik voel nog wel de sprakeloze verbazing die ze ervoer vóór ze helemaal de mijne werd. Evenmin zie ik de plaats waar het gebeurde. Alles is zwart. Was het een kamer? Bewogen er takken tegen een nachtelijke hemel? Ik zie niets meer voor me, maar het gevoel van dat heerlijke ogenblik draag ik in me. Dit was niet Amelies gebiedende en eisende heftigheid. Dit was eerst een verbaasde bewegingloosheid, en daarna dat ademende ontspannen van de tere mond, het dromerige verslappen van de kinderlijke ledematen die ik in mijn armen hield, later nog een schuw dichterbij komen, een zacht zich toevertrouwen, een volheid van geloof. Niemand kon zo onvoorwaardelijk en eenvoudig geloven als deze scherpe critica. Ook besefte ik gedurende deze momenten dat ik de eerste was, wat wel erg in tegenspraak leek met Vera's franke taal en dikwijls studentikoze gedrag. Tot dan had ik nooit vermoed dat de maagdelijkheid, met strengheid en smart verdedigd, iets heiligs is...

Hier moet ik ophouden, Edelachtbare. Elke verdere stap doet me meer in het oerwoud verstrikt raken. Want hoewel ik er toen bewust en met boos opzet in doorgedrongen ben, nu vind ik de ingang niet meer. Ja, onze liefde leek op een oerwoud. Waar ben ik indertijd overal geweest met mijn geliefde? In hoeveel typische stadjes en dorpjes met puntgevels van het Taunusgebergte, van het Zwarte Woud, van het Rijnland, in hoeveel gelagkamers, prieeltjes van wingerdloof, cafétuintjes en gewelfde kamertjes? Ik ben het kwijt. Alles blijft leeg.

Maar dat was niet de vraag van deze rechtbank. Men vraagt me of ik schuld beken. Ja, ik ben schuldig. Mijn schuld ligt echter niet in het simpele feit van de verleiding. Ik heb een meisje genomen dat bereid was genomen te worden. Mijn schuld ligt hierin, dat ik ze malafide volkomen tot mijn vrouw heb gemaakt, zoals ik nooit met een andere vrouw had gedaan, ook niet met Amelie. De zes nu zo ontoegankelijke weken met Vera zijn in feite het ware huwelijk uit mijn leven geweest. Ik heb de onverbeterlijke sceptica een groot geloof in mij bijgebracht, enkel om het daarna stuk te laten gaan. Dat is mijn misdrijf. Neemt u me niet kwalijk! Ik merk dat dit hoge gerechtshof mijn zware woorden niet op prijs stelt. Ik heb gehandeld als een onbetrouwbare cavalier, als een banale huwelijkszwendelaar. Het begon heel stijlvol met het triviaalste van alle gebaren: ik verborg mijn trouwring. Die eerste leugen leidde onafwendbaar tot de tweede en tot de honderd die nog zouden volgen.

En nu komt de pikante bijzonderheid van mijn schuld: al mijn leugens en de goedgelovigheid van mijn slachtoffer schonken me een onvoorstelbaar genot. Met een zeer overtuigende ijver bouwde ik voor Vera onze gemeenschappelijke toekomst op. Ik ontwikkelde een naadloze grondigheid in het afschilderen van huiselijke taferelen en bracht haar daarmee in verrukking. Niets werd vergeten in mijn plannen, de indeling en inrichting van ons toekomstige huis niet, niet de keuze van een stadswijk die zo voordelig mogelijk moest zijn, zelfs niet de keuze van de mensen die goed genoeg werden bevonden om met haar om te gaan. Onder hen bevonden zich vanzelfsprekend de grootste geesten en de meest ongenaakbare oppositieleden. Mijn fantasie overtrof zichzelf. Niets werd aan het toeval overgelaten. Tot in de kleinste details ontwierp ik dagindelingen voor ons stralend gelukkige huwelijksleven. Vera zou haar studie in Heidelberg afbreken en ze in Wenen, dicht bij mij, voltooien. In Frankfurt bezochten we de duurste winkels. Ik begon inkopen te doen voor onze huishouding, en om mijn genot nog intenser te maken kocht ik allerlei intieme en delicate dingen. Ik overlaadde haar met cadeaus om zo haar geloof nog sterker te maken.

Niettegenstaande haar felle protest kocht ik op die manier een hele uitzet bij elkaar. Voor één keer in mijn leven was ik verkwistend. Ik strooide met geld. Per telegram liet ik me een groot bedrag nazenden. De hele dag zat ik fanatiek te woelen in damast en linnen, in zijde en kant, in bergen zijdezachte dameskousen. Wat een onbeschrijfelijke vreugde was het voor me om het ijs van het intellect in Vera te zien smelten en het verrukte vrouwtje te zien ontwaken in al haar intrigerende lieflijkheid en met de onvoorwaardelijke overgave aan de man die eigen is aan dat geslacht.

Ik zie haar niet voor me, Edelachtbare, maar ik voel wel hoe we door de straten lopen, hand in hand, de vingers ineen gestrengeld. Ik voel de melodie van haar harmonieuze stap naast me. Nooit heb ik iets mooiers beleefd dan dit lopen hand in hand, zij aan zij. Maar terwijl ik dit ten volle beleefde, genoot ik met een huivering van het moorddadige einde dat ik ons samenzijn bereidde.

En toen kwam op een dag het afscheid. Voor Vera viel het afscheid licht, na een korte scheiding zou ze immers voor altijd bij me komen. Ik zie haar gezicht niet meer onder mijn coupéraam. Het zal wel naar me gelachen hebben, een grenzeloos en rustig geloof uitstralend. 'Tot ziens, mijn liefste,' zei ik, 'over twee weken kom ik je halen.' Alleen in mijn coupé, een beetje ineengezakt na zoveel weken van spanning, viel ik in een haast narcotische slaap. Urenlang sliep ik, niet wakker te krijgen. Ik verzuimde zelfs over te stappen in een of ander groot station en na een doelloze reis kwam ik 's nachts in een stad aan die Apolda heette. Zoveel weet ik nog. Vera zie ik niet meer voor me, maar duidelijk zie ik de treurige stationsrestauratie waar ik de morgen afwachtte...

Zo had Leonidas moeten spreken. Dit samenhangende relaas had hij kunnen geven aan elke rechtbank, want elk steentje van dit mozaïek was in zijn bewustzijn voorhanden. De gevoelens van zijn liefde en schuld waren er, maar de concrete beelden en taferelen ontsnapten hem telkens wanneer hij ernaar greep. En vooral dit gevoel van een onverwachte rechtszaak liet hem niet los. Het weer, deze verschrikkelijke windstilte, in het middelpunt waarvan hij zich door de straten zag gaan, deed elke poging om alles grondig door te denken teniet. Zijn gedachten hielden hem in een steeds doffere, verlammende greep. Was het niet de hoogste tijd dat hij een beslissing nam? Stond het oordeel van de rechtbank, die met een bureaucratische vasthoudendheid ergens in hem en buiten hem zetelde, niet al lang vast? 'Vereffening van de schuld tegenover het kind', zo luidde artikel één van dat oordeel. En strenger nog klonk artikel twee: 'Herstel van de waarheid'. Kon hij Amelie echter de waarheid vertellen? Een waarheid die zijn huwelijk voor eeuwig zou knakken. Niettegenstaande de voorbije achttien jaar zou iemand als Amelie zijn bedrog en, meer nog, zijn levenslange leugen nooit kunnen vergeven of te boven komen. Op deze momenten was hij meer dan ooit aan zijn vrouw verknocht. Hij voelde zich week worden. Waarom had hij die vervloekte brief van Vera niet verscheurd?

Leonidas keek op. Hij passeerde net de gevel van het Hietzinger Parkhotel, waar juffrouw doctor Wormser woonde. Vriendelijk groetten hem de balkonnetjes, waar de wildewingerdranken met hun honderd tinten van rood tegenop kropen. Het moest wel bekoorlijk zijn om hier in oktober te verblijven. De ramen keken uit over het Park Schönbrunn, met rechts de dierentuin en links de voormalige residentie van de edellieden van het keizerlijke slot. Voor de ingang van het hotel bleef hij staan. Het moest nu zowat tien uur zijn. Voorwaar geen uur waarop een welopgevoede heer bij een bijna vreemde dame een bezoek kan afleggen... Maar toch: naar binnen! Zich laten aanmelden. Een oplossing improviseren zonder al te veel overleg vooraf. In het portaal verscheen iemand van de directie die het diensthoofd eerbiedig groette. Lieve hemel, kon men dan nergens voorbijsluipen zonder betrapt te worden? Leonidas vluchtte het Slotpark in. Het liet hem koud nu dat hij vandaag, tegen zijn gewoonte in, te laat zou zijn en dat de minister misschien al naar hem gevraagd had. Eindeloos kronkelde het laantje tussen barok gesnoeide taxushagen een vertekende verte tegemoet. Daar ergens, in de nevelige leegte, leek de Gloriëtte te zweven als een architectonisch hemellichaam, de geest van een triomfantelijke jubelpoort, die zonder enige binding met de glansloze aarde naar de welgeordende hemel van het Ancien Régime leek te voeren. Het rook naar al wat uitgebloeid was, naar stof en babyluiers alom. Een stoet van kinderwagens gleed aan Leonidas voorbij.

Moeders en kinderjuffen hielden kleuters van drie, vier jaar aan de hand, wier getater en gegrien de lucht vulde. Het viel Leonidas op dat de baby's in de kinderwagens allen sprekend op elkaar geleken, met hun gebalde vuistjes, hun getuite lippen en hun diepe kinderslaap.

Na honderd stappen liet hij zich op een bank vallen. Op dat moment brak de oktoberzon door en besproeide het grasveld aan de overkant met haar fijne stralen. Tilde hij niet te zwaar aan de hele affaire? Uiteindelijk zou blijken dat de jongeman helemaal zijn zoon niet was. *Pater semper incertus est*, zo luidde al het Romeinse recht. Per slot van rekening hing de *verificatie* van zijn zoon niet van Vera alleen af, maar ook van hem. Hij kon dit vaderschap voor elke rechtbank aanvechten.

Leonidas richtte zijn blik op zijn buur op de bank. Die buur was een slapende oude heer. Of eigenlijk geen oude heer, maar gewoon een oude man. De schurftige bolhoed en de gedemodeerde staande kraag wezen op een slachtoffer van de tijd, iemand die betere dagen gekend had, zoals men dat zonder veel mededogen pleegt te zeggen. Het kon echter evengoed een kamerdienaar zijn die al jaren zonder betrekking was. De knoestige handen van de oude lagen, zwaar als een verwijt, op zijn magere dijbenen. Nooit eerder had Leonidas een slaap gezien als de slaap van zijn buurman hier. De mond met de trieste gaten tussen de tanden hing lichtjes open, maar toch was er geen ademhaling te merken. Overal in het braakliggende gezicht liepen de diepe rimpels en plooien concentrisch naar de ogen toe. Het waren de bergpaden, karrensporen en toegangswegen van het leven, allemaal overwoekerd en dichtgegroeid als in een verlaten streek. Niets bewoog. De

ogen, die als het ware naar binnen geplooid waren, vormden
twee overschaduwde zandgroeven, waar alles ten einde liep.
Van de dood onderscheidde deze slaap zich slechts, en dan
nog ongunstig, doordat er nog iets van een kramp en angst in
zat en een zwak, niet te beschrijven verweer...

Leonidas sprong op en liep het laantje weer uit. Al na enkele stappen hoorde hij gestrompel en gemompel achter zich:

'Heer baron, ik smeek u ootmoedig, drie dagen al heb ik
niets warms gegeten...'

'Hoe oud bent u?' vroeg het diensthoofd aan de slaper,
wiens ogen ook in wakende toestand op twee lege en on-
vruchtbare groeven leken.

'Eénenvijftig, heer graaf,' klaagde de oude, als bekende hij
een volstrekt ongeoorloofde leeftijd, die van rechtswege op
geen enkele bijstand meer kon rekenen.

Leonidas griste een groot bankbiljet uit zijn portefeuille,
gaf het aan de stumperd en keek niet meer om.

Eénenvijftig! Hij had wel degelijk juist gehoord. Daarnet
was hij zijn dubbelganger op het lijf gelopen, zijn tweeling-
broer, de andere mogelijkheid van zijn leven die hij op amper een haarbreedte ontlopen was. Vijftig jaar geleden waren
de grijsaard en hij, twee identieke zuigelingen toen nog, in
een kinderwagen door dit parklaantje gereden. Hij was echter
nog altijd de knappe León, tot in de puntjes verzorgd, met
zijn blonde snorretje, onberispelijk schoon, een voorbeeld van
mannelijke, frisse, gebeitelde kracht. Op zijn gladde gezicht
waren de toegangswegen van het leven niet overwoekerd of
leeg, maar open en druk bereden. Alle soorten lachjes snelden
erop voort, beminnelijkheid, spot, goed en slecht humeur, en
ook de leugen in al haar verschijningsvormen. Hij sliep geen

vluchtige doodsslaap op een bank in het park, maar de gezonde, vaste en regelmatige slaap van de geborgenheid in zijn grote Franse bed. Welke hand had hem, het leraartje in huize Wormser, de sukkel met de gescheurde broek, weggevoerd van de afgrond van de zekere ondergang, en er de andere kandidaat ingeduwd? Hij beschouwde zijn geluk, zijn klim naar de top, nu niet langer als een persoonlijke verdienste, niet meer als een samenspel van onmiskenbare talenten. Het gezicht van zijn stumperige leeftijdsgenoot had hem immers de afgrond getoond die voor hem evengoed had liggen te gapen, maar die hem, door een ondoorgrondelijke onrechtvaardigheid, bespaard was gebleven.

Een zwarte somberte overmande Leonidas. Maar in deze somberte zat een bleke, lichtende plek. En die heldere plek werd groter. Ze groeide uit tot een inzicht, zoals nog nooit opgekomen was bij deze maar flauwtjes gelovige man: een kind hebben, dat is geen geringe zaak. Eerst door een kind raakt de mens hopeloos verwikkeld in de wereld, in die genadeloze keten van oorzaken en gevolgen. Men wordt verantwoordelijk. Men geeft niet alleen het leven door, maar ook de dood, de leugen, de pijn, de schuld. De schuld vooral. Of ik me nu kenbaar maak aan de jongeman of niet, daarmee verander ik de ware toedracht nog niet. Ik kan hem ontlopen, maar ik kan niet ontkomen. 'Er moet dringend iets gebeuren,' fluisterde Leonidas afwezig, terwijl een onuitsprekelijk ontstellende helderheid hem overrompelde.

Bij de parkpoort wenkte hij ongeduldig een taxi:

'Ministerie van Onderwijs.'

Terwijl een moedig besluit in hem rijpte, staarde hij als een blinde in de dag, die een beetje draaglijker geworden was.

HOOFDSTUK IV

Leonidas ijvert voor zijn zoon

Direct bij het binnenkomen van zijn bureau kreeg Leonidas het bericht dat de minister hem om tien over elf in het rode salon verwachtte. Het diensthoofd keek de secretaris die hem dit bericht bracht, verdwaasd aan en gaf geen antwoord. Na een korte, bevreemdende pauze legde de jonge ambtenaar voorzichtig en toch ostentatief een map op het bureau. Het zou tijdens de vergadering in kwestie vermoedelijk over het opvullen van de vacante leerstoelen aan de hogescholen gaan, zo veronderstelde hij met passende bescheidenheid. In deze map kan het geachte diensthoofd alle gegevens vinden, in de vertrouwde volgorde.

'Hartelijk dank, mijn beste,' zei Leonidas, zonder de map evenwel een blik waardig te achten. Aarzelend verdween de secretaris. Hij had gedacht dat zijn chef, zoals gewoonlijk, in zijn aanwezigheid het dossier zou doorbladeren, enkele vragen stellen en aantekeningen maken, om niet onvoorbereid op de vergadering bij de minister te verschijnen. Vandaag echter dacht Leonidas aan niets van dat alles.

Zoals alle hoge staatsambtenaren koesterde Leonidas geen al te hoge achting voor de heren ministers. Die wisselden immers samen met de politieke krachtverhoudingen, terwijl hij en zijn collega's bleven. De ministers werden door hun partijen vooruitgeschoven en dan weer teruggetrokken, voor het merendeel naar lucht happende zwemmers die zich vertwijfeld vastklampten aan het wrakhout van de macht. Ze hadden geen juiste kijk op de complexe gang van zaken, ze voelden de heilige spelregels niet aan van de bureaucratie die doel op zichzelf is. Al te dikwijls waren het goedkope simplisten, die niets anders geleerd hadden dan hun ordinaire stem te verheffen op massabijeenkomsten en via de achterdeuren van hun ambt delicate tussenkomsten te doen voor de partijgenoten en hun familiale achterban.

Leonidas en zijn soortgenoten echter hadden het besturen geleerd zoals een musicus het contrapunt leert, door jarenlange niet-aflatende oefening. Zij bezaten een alerte en fijnmazige gevoeligheid voor de duizend nuances van het leidinggeven en het beslissen. In hun ogen speelden de ministers slechts een rol van politieke marionetten, ook al schreden ze, overeenkomstig de tijdsgeest, nog zo dictatoriaal voort. Zij echter, de diensthoofden, wierpen hun onbeweeglijke schaduw over deze tirannen. Welke partijgolf ook de hoge ambten overspoelde, zij ambtenaren hielden de touwtjes in handen. Zij waren onmisbaar. Met de precieuze trots van mandarijnen hielden ze zich bescheiden op de achtergrond. Ze verachtten de openbaarheid, de kranten, de publiciteit voor het eigen persoontje van de helden van de dag, en Leonidas, die rijk was en onafhankelijk, keek op dit alles nog meer dan de anderen neer.

Hij schoof de map ver van zich weg, sprong op en begon met kordate stappen heen en weer te lopen in zijn bureau. Wat voor kracht stroomde van deze zakelijke kamer over in zijn ziel! Hier was zijn domein, en niet in Amelies luxueuze huis. De machtige en haast lege werktafel, de indrukwekkende clubfauteuils met hun verweerde leder, het boekenrek waarop hij de Grieks-Romeinse klassieken en filologische periodieken van zijn vader gerangschikt had, God weet waarom. De kasten met dossiers, de hoge ramen, de schoorsteenmantel met de vergulde klok uit de Congresperiode, aan de muur de volledig donker geworden schilderijen van vervlogen aartshertogen en ministers. Al deze versleten en onpersoonlijke voorwerpen uit de opslagplaats voor staatsmeubilair waren als steunen die houvast verleenden aan zijn wankelende gevoelens. Hij zoog zijn longen vol met de slecht afgestofte waardigheid van deze kamer.

Zijn besluit stond onherroepelijk vast. Vandaag nog zou hij de volle waarheid aan zijn vrouw bekennen. Ja! Aan tafel! Bij voorkeur bij het dessert of bij de zwarte koffie. Als een politicus die een toespraak voorbereidt, hoorde hij zichzelf al bezig met zijn inwendige oor:

'Als het jou om het even is, lieve schat, dan blijven we nog even zitten. Schrik niet, maar ik heb iets op het hart dat me al vele, vele jaren beklemt. Tot vandaag heb ik eenvoudig de moed niet gehad je dit te vertellen, je kent me immers, Amelie, alles kan ik verdragen, maar geen drama's, geen uitbarstingen van gevoel, geen scènes, ik kan er niet tegen jou te zien lijden... Ik hou nu van je zoals ik altijd van je gehouden heb, en ik heb altijd van je gehouden zoals ik nu van je hou. Ons huwelijk is het heiligdom van mijn leven, je weet dat ik met tegenzin pathetisch word. Ik hoop dat ik me aan weinig schuldig heb gemaakt in mijn liefde. Maar die ene, enige, grote schuld, die is er. Het komt jou toe me hiervoor te straffen, me zwaar te straffen. Ik ben op alles voorbereid, liefste Amelie, ik zal me onvoorwaardelijk neerleggen bij jouw oordeel, ik zal zelfs ons huis, ik bedoel jouw huis, verlaten als je dat wil, en ergens in je buurt een kleine woning zoeken. Maar bedenk wel, vóór je je oordeel velt, ik smeek je, dat mijn schuld al meer dan achttien jaar oud is, en dat ondertussen geen cel van ons lichaam

en geen trilling van onze ziel nog dezelfde is als toen. Ik wil
niets goedpraten, maar nu weet ik dat ik tijdens onze onzalige
scheiding eerder gehandeld heb onder dwang van de duivel
dan dat ik je echt bedrogen heb. Geloof me toch! Is ons lange
en gelukkige huwelijk niet het beste bewijs? Weet je wel dat
we over vijf, zes jaar onze zilveren bruiloft al vieren, als jij het
wil tenminste? Helaas! Mijn dwaling is niet zonder gevolgen
gebleven. Er is een kind uit voortgekomen, of beter, een jongeman van zeventien. Vandaag pas heb ik dat vernomen, dat
zweer ik je. Asjeblieft, zeg geen onbezonnen dingen, Amelie,
neem geen overhaaste, door woede ingegeven beslissingen. Ik
verlaat de kamer nu. Ik laat je alleen, zodat je rustig kunt na-
denken. Maar wat je ook beslist, ik zal me over de jongen
moeten ontfermen.'

Neen, dat is het niet. Dat is melig en klaaglijk. Ik moet
soberder spreken, scherper, mannelijker, zonder omwegen
en hinderlagen, niet zo flauw, niet zo kruiperig, niet zo
sentimenteel. Iedere keer komt die oude weerzinwekkende
sentimentaliteit weer boven. Amelie mag geen moment de
indruk krijgen dat ze me het hardst kan straffen door me te
verbannen en dat ik, in al mijn verwendheid, gemakzucht en
verwekelijking, hopeloos afhankelijk ben van haar geld. Laat
ze zich in 's hemelsnaam niet inbeelden dat ik me zonder
ons huis, onze twee auto's, onze bedienden, onze lekkere
keuken, onze gezelligheid, onze reisjes helemaal verloren zou
voelen. Hoewel ik me zonder al die verduiveld aangename last
waarschijnlijk inderdaad verloren zou voelen.

Leonidas zocht een andere, bondige formulering voor zijn
biecht. Maar weer lukte het niet. Toen hij het bij de vierde

versie opgaf, sloeg hij woedend met zijn vuist op tafel. Die afschuwelijke neiging van ambtenaren om alles te motiveren, alles te willen onderbouwen! Lag het ware leven niet in het onvoorziene, in de ingeving van het moment? Had hij, compleet verpest door succes en welvaart, op zijn vijftigste al afgeleerd om echt te leven?

De secretaris klopte op de deur. Elf uur! Het was tijd. Leonidas nam met een onbeheerste beweging de map van tafel, verliet zijn bureau en ging met galmende stappen door de lange gangen van het oude paleis en over het prachtige bordes. Eindelijk bereikte hij het domein van de minister.

Het rode salon was een vrij klein, muf vertrek, dat bijna helemaal gevuld werd door de groene vergadertafel. Hier werden meestal de intiemere vergaderingen van het ministerie gehouden. Vier heren zaten al te wachten. Leonidas begroette hen met zijn stereotiepe glimlach: energiek en spottend. Om te beginnen was er de voorzittende kabinetschef, Jaroslav Skutecky, een man van midden in de zestig en de enige die in rang boven Leonidas stond. In zijn ouderwetse geklede jas, met zijn staalgrijze puntbaardje en zijn rode handen en met zijn scherpe uitspraak stond Skutecky diametraal tegenover het modebewuste diensthoofd. Hij vertelde net, niet zonder een zekere hartstocht, aan twee jongere ministeriële raadgevers en aan de roodharige professor Schummerer, hoe schitterend hij zijn zomervakantie dit jaar weer geregeld had. Met de hele familie, 'jammer genoeg zevenkoppig', zoals hij telkens weer onderstreepte:

'Aan het mooiste meer van het land, jawel, aan de voet van ons imposante bergmassief, horen jullie me wel goed, een dorpje als een juwelenkistje, niet chic maar met pit, met een openluchtzwembad en dansgelegenheid voor de lieve jeugd, met een autobus naar alle windstreken, wat moet een mens nog meer, en met goed onderhouden wandelpaden voor jicht- en hartlijders. Drie prima kamers in het hotelletje, zonder luxe maar met stromend water, koud en warm, en alles wat men daarnaast nog nodig heeft. En de prijs kunnen de heren nooit raden. Zegge en schrijve vijf schilling per persoon. Het eten, echt waar, was geweldig, overvloedig, 's middags drie gangen, 's avonds vier. Let op: soep, voorgerecht, vlees met twee soorten groenten, nagerecht, kaas, fruit, alles klaargemaakt met boter of met het beste vet, op mijn woord, ik overdrijf niet...'

Deze lofzang werd nu en dan onderbroken door een instemmend en bewonderend gemompel van zijn toehoorders, waarbij een jong, pafferig gezicht met een wipneus roemvol op de voorgrond trad. Leonidas echter ging bij het venster staan en staarde naar de strenge, vergeestelijkte muren van de gotische Minderbroederskerk, die tegenover het paleis van het ministerie lag. Dankzij Amelie, dankzij zijn kinderloosheid had hij niet hoeven af te dalen in de grenzeloze banaliteit van het kleinburgerlijke leven, zoals deze oude Skutecky en al zijn andere collega's, die voor hun bevoorrechte positie boetten met uiterst karige lonen. (Of zoals de Weense blijspelschrijver het zegt: De ambtenaar heeft niets, maar dat kunnen ze hem alvast niet afpakken.)

Leonidas raakte met zijn voorhoofd het koude vensterglas aan. Links van de ineengedoken kerk lag een rommelig, weggekropen voortuintje, waar een paar nogal schrale acacia's uit het grasveld opschoten. De roerloze blaren leken wel een bedrieglijke wassen nabootsing van de natuur. Het mooie plein leek vandaag meer op de benauwde lichtschacht van een huurkazerne. De hemel was niet te zien. Het werd steeds donkerder in de kamer.

Leonidas was zo diep in de leegte van zijn ontstemdheid verzonken, dat hij het helemaal niet merkte toen de minister binnenkwam. Hij schrok pas op door de hoge en ietwat hese stem van deze Vinzenz Spittelberger:

'Gegroet mijne heren allemaal, goedemorgen, *servus...*'

De minister was een kleine man in een gekreukt en verfrommeld pak, dat het vermoeden opwekte dat de drager ervan er al enkele nachten slapend in doorgebracht had. Alles aan deze Spittelberger was grijs en leek te groot. Het haar dat als een borstel omhoog stond, de slecht geschoren wangen, de sterk gewelfde lippen, de ogen die excentrisch loensten – hier te lande 'hemelen' genoemd –, ja zelfs zijn puntbuik die zonder overgang of verklaring onder zijn bescheiden borstkas naar voren sprong. De man kwam uit een van de Alpendeelstaten, noemde zichzelf om de twee zinnen een boer, zonder dat ook maar in het minst te zijn, aangezien hij zijn hele leven in grote steden had doorgebracht, waarvan twintig jaar in de hoofdstad, eerst als leraar en daarna als directeur van een school voor voortgezet onderwijs. Spittelberger wekte de indruk van een dagblind dier. Het ouderwetse en eigenzinnige knijpbrilletje voor zijn 'hemelende' ogen leek die helemaal niet te kunnen helpen bij hun taak.

Terstond nadat hij de voorzittersstoel aan de vergadertafel had ingenomen, zonk zijn grote hoofd, onverschillig luisterend zo leek het, tot op zijn rechterschouder. De ambtenaren wisten dat de minister de voorbije dagen een reeks politieke bijeenkomsten bijgewoond had in het hele land en pas vanmorgen vroeg met de nachttrein aangekomen was uit een afgelegen provincie. Spittelberger had de reputatie altijd slaap te kort te komen, maar onverwoestbaar te zijn.

'Ik heb de heren hier ontboden,' zo begon hij schor en gehaast, 'omdat ik morgen tijdens de ministerraad graag de kwestie van de vacatures tot ieders tevredenheid zou willen afhandelen. De heren kennen me, ik ben nogal ondernemend. Wel dan, mijn beste Skutecky, als ik vragen mag...'

Hij nodigde met een half, haast wegwerpend gebaar de ambtenaren uit te gaan zitten, ervoor zorgend dat professor Schummerer rechts naast hem kwam te zitten. De roodharige academicus speelde de rol van vertrouwensman van de universiteit bij het ministerie en stond bovendien bekend als de bijzondere gunsteling van Spittelberger, de 'politieke sfinx' zoals sommigen de minister noemden. Tot ergernis van het diensthoofd verscheen Schummerer elke middag op het ministerie, zwierf er met sloffende gang door de verschillende bureaus en hield er het werk op, want hij bracht er de academische praatjes binnen, in ruil waarvoor hij de politieke praatjes dan weer meenam. Van beroep was hij prehistoricus. Zijn wetenschap van de geschiedenis begon precies daar waar het historische weten ophoudt. Zijn vorsersgeest viste om het zo maar te zeggen in troebel water. Schummerers nieuwsgierigheid beperkte zich echter niet tot het verleden, ze ging ook uit naar het hedendaagse stenen tijdperk. Hij beschikte over een uiterst gevoelig oor voor het ingewikkelde getij van relaties, invloeden, sympathieën en intriges. Zoals van een barometer kon men van zijn gezicht de schommelingen van het politieke weer aflezen. Als hij naar een bepaalde zijde overhelde, dan lag daar gegarandeerd de macht van morgen.

'Als het diensthoofd zo vriendelijk wil zijn...,' zei de oude

Skutecky met zijn scherpe stem, terwijl hij vragend naar de map keek die voor Leonidas op tafel lag.

Die schraapte zijn keel, opende de map en begon zijn voordracht met de technische handigheid die hij zich in die vijfentwintig jaar eigen gemaakt had. Zes leerstoelen aan de verschillende hogescholen van het land moesten opnieuw bezet worden. In de juiste volgorde en met behulp van de voor hem liggende aantekeningen lichtte het diensthoofd de vergadering in over de afzonderlijke geleerden die voorgedragen waren. Hij deed dat met een volledig gespleten bewustzijn. Zijn stem ging zonderling naast hem door. Er heerste een diep stilzwijgen. Niemand van het gezelschap opperde bezwaren tegen de kandidaten. Na elk afgehandeld geval gaf Leonidas het betreffende blad aan de jonge ambtenaar met het pafferige gezicht, die dienstvaardig achter de minister stond en het blad behoedzaam in diens grote aktentas wegborg.

Vinzenz Spittelberger zelf echter had zijn brilletje op tafel gelegd en sliep. Hij verzamelde slaap waar en wanneer hij maar kon, of beter nog, hij hamsterde slaap. Hier een half uurtje, daar tien minuten, en samen leverde dat een aardige som op, die men zonder al te groot tekort aan de nacht onttrekken kon. De nacht had men immers nodig voor de vrienden, voor de dienst aan een of andere stamtafel, voor het wegwerken van achterstanden, voor verplaatsingen en vooral voor het feest van de samenzweringen. In de geborgenheid van de nacht kiemt wat overdag werd geplant, de tere scheut van de intrige. Ook een politicus die een hoge waardigheid bekleedt, kan daarom de nacht niet ongebruikt laten, de nacht die weliswaar een duister, maar tevens een productief element is. Vandaag speelt men nog vakminister. Morgen echter trekt men wellicht de hele staatsmacht naar zich toe, als men de tekenen des tijds onderkend en juist geïnterpreteerd heeft en zich nergens onvoorzichtig gebonden heeft. Spittelberger sliep een eigenaardige slaap, die als een gordijn vol gaten en scheuren was, maar daarom niet minder verkwikkend. Daarachter loerde de slaper, klaar om elk ogenblik te voorschijn te springen en toe te slaan.

Twintig minuten had Leonidas al gesproken, minuten waarin hij de levensloop, de verwezenlijkingen en de publicaties van de kandidaten uit de doeken deed, en uit de beschikbare gegevens een beeld samenstelde van hun politiek en burgerlijk goed gedrag. Zijn stem kabbelde aangenaam voort, zacht en vluchtig. Niemand merkte dat ze als het ware op eigen houtje en voor eigen risico handelde, en dat ze zich losgemaakt had van de geest van de spreker. Daarnet was het curriculum vitae van de vijfde geleerde in de handen van de pafferige jonge ambtenaar beland. Het was ondertussen zo donker geworden dat iemand de plafondverlichting aanknipte.

'Ik kom nu tot de medische faculteit,' zo zei de aangename stem en ze liet een veelbetekenende pauze. 'De gewone hoogleraar voor inwendige geneeskunde, excellentie,' zo hielp Skutecky op een lichtjes verheven, bijna vrome toon, als bevond hij zich in een kerk. Deze manier van aandacht trekken was echter volstrekt overbodig, want Spittelberger had zijn waterige ogen al een tijdje weer opgeslagen en 'hemelde' de kring rond, zonder een spoor van verwarring of slaapdronkenschap. Deze kunstenaar van de slaap had ongetwijfeld de namen en hoedanigheden van de vijf reeds besproken kandidaten foutloos kunnen opsommen, beter in elk geval dan Leonidas.

'De medische wetenschap,' lachte hij, 'dan is het uitkijken

geblazen. Die interesseert de mensen. Ze is de overgang van wetenschap naar waarzeggerij. Ik ben maar een eenvoudige sterveling, een simpele boer, zoals de heren weten, ik ga dan ook liever direct naar het kruidenvrouwtje, als er mij iets scheelt, of naar de wonderdokter of de geneeskrachtige baden. Maar er scheelt mij nooit iets...'

Schummerer, de prehistoricus, giechelde beleefd doch overdreven. Hij wist hoezeer Vinzenz Spittelberger op dit soort humor gesteld was. Ook Skutecky, gesteund door het onderdanige gegrinnik van de jonge heren, waagde zich aan een 'Schitterend', waar hij snel aan toevoegde: 'Dan zal mijnheer de minister ook wel ingaan op het voorstel om professor Lichtl te benoemen...'

Nu hij eenmaal op dreef was met zijn welbekende geestigheid, grijnsde Spittelberger en zoog hoorbaar zijn speeksel in: 'Hebben jullie geen groter licht in huis dan deze Lichtl? Als hij me van dienst kon zijn, zou ik zelfs de duivel tot hoogleraar voor inwendige geneeskunde benoemen...'

Ondertussen staarde Leonidas afwezig naar de enkele papieren die nog voor hem lagen. Hij las de naam van de beroemde hartspecialist Alexander Bloch. Zijn eigen hand had over die naam in rode inkt het woord 'Onmogelijk' geschreven. De lucht was dik van sigarettenrook en schemer. Men kon amper ademen.

'De faculteit en de academische raad hebben zich eenparig voor Lichtl uitgesproken,' bekrachtigde Schummerer Skutecky's aanbeveling, terwijl hij al zegevierend knikte. Maar daar klonk de stem van het diensthoofd Leonidas: 'Onmogelijk.' Iedereen keek abrupt op. Spittelbergers ogen, die er van nature moe uitzagen door te weinig nachtrust, knipperden gespannen.

'Hoe zegt u?' vroeg de oude kabinetschef scherp, die zijn collega misverstaan meende te hebben. Hadden ze het gisteren niet over deze netelige kwestie gehad, en dat er in de huidige tijd geen sprake van kon zijn om aan professor Alexander Bloch een zo belangrijke leerstoel toe te vertrouwen, al was hij nog zo'n grote autoriteit in zijn vak. Zijn collega was gisteren volledig dezelfde mening toegedaan, en had daarenboven geen geheim gemaakt van zijn afkeer voor professor Bloch en diens welbekende soort.

En nu? De heren waren verwonderd, ja ontsteld door dit opmerkelijk dramatische 'Onmogelijk', Leonidas zelf nog het meest. Terwijl zijn stem beheerst argumenten opsomde voor zijn tegenwerping, besefte die andere persoon in hem, bijna geamuseerd: ik ben volkomen ontrouw aan mezelf en begin daardoor al voor mijn zoon te ijveren. 'Ik wil hier niet nader ingaan op professor Lichtl,' zei hij luid, 'het kan een goeie arts en docent zijn, maar hij was tot nu slechts actief in de provincie, zijn publicaties zijn niet erg talrijk, we weten niet veel over hem. Professor Bloch daarentegen is wereldberoemd, winnaar van de Nobelprijs voor geneeskunde, doctor honoris causa aan acht Europese en Amerikaanse universiteiten, arts van koningen en staatshoofden. Een paar weken geleden nog werd hij naar Londen ontboden voor een consult op Buckingham Palace. Hij haalt jaarlijks de rijkste patiënten naar Wenen, Argentijnse nabobs en Indische maharadja's. Een klein land als het onze kan het zich niet veroorloven zo'n beroemdheid te passeren en te krenken. Met zo'n belediging zouden we bovendien de publieke opinie van het hele Westen tegen ons opzetten...'

Een zweem van spot hing rond de mond van de spreker. Hij

dacht aan een recent avondje van de society waarop men hem naar zijn mening had gevraagd over 'het geval-Bloch'. Dezelfde argumenten als hij daarnet had gehanteerd, had hij toen zeer resoluut afgewezen. De internationale populariteit van mensen als Bloch en consorten stoelde niet op reële kwaliteiten en verdiensten, maar op de steun die Israëlieten elkaar over de hele wereld boden, op de door hen gedomineerde pers en op het bekende sneeuwbalsysteem van onversaagde reclame. Dat was niet alleen zijn antwoord geweest, maar ook zijn stellige overtuiging.

De prehistoricus wiste zich bedremmeld het voorhoofd af: 'Allemaal goed en wel, achtbaar diensthoofd... Jammer genoeg echter is het privéleven van de betrokkene niet onberispelijk. De heren weten dat hij een verwoed speler is, elke nacht, poker en baccarat. Daarbij gaat het om aanzienlijke bedragen. We hebben een geheim politierapport hierover. En honoraria opstrijken kan deze heer ook, nou en of, dat is algemeen geweten. Tweehonderd tot duizend schilling voor één enkel onderzoek. Zijn hart toont hij enkel voor geloofsgenoten, dat snapt u wel, die behandelt hij gratis, zeker wanneer ze in kaftan in zijn spreekkamer verschijnen. Ik van mijn kant geloof dat een klein land als het onze zich niet kan veroorloven om iemand als Abraham Bloch...'

Hier nam de oude Skutecky het woord af van de al te voortvarende prehistoricus. Hij deed dat op een tactvolle en zeer nuchtere toon:

'Gelieve te bedenken, dat professor Alexander Bloch al zevenenzestig jaar oud is en dus nog hoogstens twee jaar als docent werkzaam kan zijn, als we het honoraire jaar niet meetellen.'

Leonidas, die niet te stoppen was op zijn hellend vlak, kon

het niet laten een grapje te citeren dat in bepaalde middens in zwang was:

'Jawel, mijn heren! Vroeger was hij te jong voor een leerstoel. Nu is hij te oud. En daartussenin had hij de pech dat zijn naam Abraham Bloch was...'

Niemand lachte. Met de gerimpelde gelaatsuitdrukking van mensen die zich over een moeilijk kruiswoordraadsel buigen, bekeken ze de afvallige streng. Wat was er gebeurd? Welke duistere invloeden hadden zich in het spel gemengd? Natuurlijk! Hij was de man van een Paradini. Als men met zoveel geld en relaties gezegend is, kan men het zich veroorloven om tegen de stroom in te zwemmen. De Paradini's maken deel uit van de internationale geldaristocratie. Aha, uit die hoek waait de wind! Die Abraham Bloch beweegt waarachtig hemel en aarde, en daarbij waarschijnlijk nog het Engelse koningshuis. Machinaties van de vrijmetselarij en van de wereldclub van rijken, terwijl wij zelfs niet weten waar we het geld voor een nieuw pak moeten halen.

De roodharige roddeltante snoot hierop zijn poreuze neus en bekeek peinzend het resultaat.

'Onze grote buur,' opperde hij ietwat zwaarmoedig, maar tegelijk ook dreigend, 'heeft de hogescholen radicaal gezuiverd van alle rasvreemde elementen. Als Bloch bij ons een leerstoel krijgt, en nog wel voor inwendige geneeskunde, dan is dat een provocatie, een vuistslag in het aangezicht van het Duitse Rijk, dat moet mijnheer de minister goed beseffen. En wij willen toch, om onze onafhankelijkheid te kunnen handhaven, die lui de wind uit de zeilen nemen, of niet soms?'

Het beeld van de wind die men uit de zeilen van de toekomstige stuurman wou nemen, was erg populair in die dagen.

Iemand zei: 'Zeer juist.' Het was de pafferige lagere ambtenaar achter de stoel van de minister die zich had laten verleiden tot die uitroep. Leonidas nam hem scherp op. De ambtenaar maakte deel uit van een dienst waarmee Leonidas zelden contact had. De onberekenbare Spittelberger had hem echter opgenomen in zijn kringetje van gunstelingen, reden waarom hij ook op de vergadering van vandaag was uitgenodigd. Het dikkerdje had een blik zo klaar als water, die zo'n haat uitstraalde, dat Leonidas hem nauwelijks kon weerstaan. Louter de naam 'Abraham Bloch' was al genoeg geweest om dit brede flegmatische gezicht rood van woede te laten opvlammen. Uit welke bron welde deze niet te stelpen haat? En waarom richtte hij zich met zo'n onbeschaamde openheid tot hem, de meest integere figuur in dit huis, die op vijfentwintig eervolle dienstjaren kon terugblikken? Nooit had hij persoonlijk ook maar de geringste voorliefde voor mensen als professor Bloch getoond. Wel integendeel! Hij had ze gemeden, om niet te zeggen streng afgewezen. En nu zag hij zichzelf plotseling verstrikt in hun verdachte gezelschap, er was duidelijk iets niet in de haak. Dat alles had hij te danken aan die duivelse brief van Vera Wormser. De stevige fundamenten van zijn bestaan leken wel ondergraven te zijn. Hij zag zich gedwongen om tegen zijn overtuiging in de kandidatuur van een verafgode arts die toevallig erg in de mode was te behartigen. En bij dit alles moest hij zich nu ook nog de brutale opmerkingen en schaamteloze blikken van deze vormeloze fat laten welgevallen, als was hij niet gewoon maar de verdediger van Bloch, maar Bloch zelf. Zo snel was het allemaal gegaan. Leonidas sloeg als eerste de ogen neer voor deze vijand, die zo onverwacht tegen hem was opgestaan. Toen pas voelde hij

dat Spittelberger hem hoogst oplettend aanstaarde van achter
zijn scheve brilletje.

'U hebt uw mening wel zeer grondig herzien, mijnheer de
directeur.'

'Ja, mijnheer de minister, ik heb mijn mening over deze
kwestie herzien...'

'In de politiek, mijn beste vriend, is het dikwijls heel goed
om ergernis op te wekken. De zaak is natuurlijk wie men er-
gert...'

'Ik heb niet de eer een politicus te zijn, mijnheer de
minister. Ik dien de staat in eer en geweten.'

Een ijzige stilte. Skutecky en de andere ambtenaren kropen
weg in hun schelp. Spittelberger echter scheen de pikante
opmerking niet slecht op te nemen. Hij liet zijn slechte tanden
zien en zei op gemoedelijke toon:

'Nee, nee, ik heb dat gewoon als simpele ziel gezegd, als
een ouwe boer...'

Niemand op de wereld – hoe duidelijk werd het Leonidas
nu – was echter minder simpel, niemand was ingenieuzer en
doortrapter dan deze 'oude boer'. Voelbaar wachtten achter
het stomme voorhoofd van deze borstelige stijfkop, op verschillende boven elkaar gebouwde lagen, de boven- en onder-
grondse treinen van zijn onvermoeibare arrivisme. Spittelbergers elektrisch geladen opportunisme hing als een stapelwolk
in de kamer, drukkender nog dan de vijandige houding van
Schummerer en de pafferige jongen. De laatste adembare
lucht raakte op.

'Als mijnheer de minister me toestaat...,' snakte Leonidas
en rukte een venster open. Precies op dat moment begon het
te stortregenen. Een gearceerde muur van water ontnam elk

uitzicht op de buitenwereld. De Minderbroederkerk was niet meer te zien. De slagen van een cavalerieaanval knetterden over de daken en door de straten. Ergens in het reusachtige gebouw van de regen rolde de donderslag weg, er was geen bliksemflits aan voorafgegaan.

'Dat was hoog tijd,' zei Skutecky met zijn harde stem. Spittelberger was opgestaan en kwam, de linkerschouder wat opgetrokken, de beide handen in de zakken van zijn verkreukte broek, met slepende pas naar Leonidas toe. Nu leek hij echt op een boer die op de veemarkt zijn koe voor een te hoge prijs tracht te verkopen.

'Wat zou u ervan zeggen, mijn waarde, als we die Bloch het grote gouden erekruis voor kunst en wetenschap toekenden en daarbij nog de titel van hofraadsheer?'

Dit voorstel bewees dat de minister zijn diensthoofd niet voor een bureaucratisch handlanger hield als de brave Jaroslav Skutecky, maar voor een invloedrijke persoonlijkheid, achter wie ondoorzichtige machten schuilgingen die men niet zomaar op de tenen mocht trappen. Deze oplossing voor het probleem was Spittelberger waardig. Een leerstoel en een kliniek betekenen een reële machtspositie en moeten daarom in handen blijven van een wetenschapper van eigen ras en bodem. Een hoge orde echter, die slechts uiterst zelden toegekend wordt, betekent een eerbetoon van zo'n gewicht dat de aanhangers van de tegenpartij wel moeten zwijgen. Zo stelt men de twee partijen tevreden.

'Wat denkt u over die uitweg?' vroeg Spittelberger uitnodigend.

'Voor mij is die uitweg onaanvaardbaar,' zei Leonidas. Vinzenz Spittelberger, de sfinx, stond daar op zijn stevige, licht

gespreide benen en liet zijn grijze, borstelige hoofd vorrover-
zakken als bij een geitenbok. Leonidas keek naar de kale plek
op de kruin en hoorde hoe de politicus speeksel inslurpte,
voor hij rustig maar nadrukkelijk zei:

'U weet dat ik een doordrijver ben, beste vriend...'

'Ik kan de minister niet beletten een fout te begaan,' was
alles wat Leonidas zei, terwijl het bedwelmende bewustzijn
van een onbekende moed hem doorstroomde. Waarover
ging het eigenlijk? Over Alexander Bloch? Belachelijk! Die
ongelukkige Bloch was slechts een toevallige aanleiding.
Leonidas was er nu echter van overtuigd dat hij sterk genoeg
was voor de waarheid en voor een nieuwe koers in zijn leven.

Minister Spittelberger had het rode salon al verlaten, gevolgd door Skutecky en de ministeriële raadgevers. Onver-
minderd bleef de regen neerplenzen.

HOOFDSTUK V

Een biecht, maar niet de ware

Toen Leonidas thuiskwam, viel de regen nog steeds in gestadige, zij het al vermoeidere strepen naar beneden. De huisbediende zei dat mevrouw nog niet terug was van haar uitstap. Het gebeurde hoogst zelden dat Leonidas, als hij 's middags van kantoor kwam, op Amelie moest wachten. Terwijl hij zijn druipnatte jas over de kleerbeugel hing, sidderde de ontsteldheid over zijn gedrag van daarnet nog in hem door. Hij was tegenover de minister voor het eerst in zijn leven uit zijn ambtenarentact gevallen. Het ging niet op dat een ambtenaar met open vizier streed. Men kon beter handig de stromingen in de wereld benutten, zich voorzichtig laten meedrijven, om zo de ongewenste klippen te vermijden en de gewenste aanlegsteigers te bereiken. Hij was nu ontrouw geworden aan die verfijnde kunst, hij had het geval Alexander (Abraham) Bloch geforceerd, het opgeblazen tot een crisis, tot een kabinetskwestie. (Een geval overigens dat hem deed geeuwen van verveelde onverschilligheid.) Als hij dan toch door de geheimzinnige invloed van Vera en haar zoon in deze strijd verwikkeld was geraakt, dan had hij, naar oude gewoonte, de 'negatieve methode' moeten aanwenden. In plaats van vóór professor Bloch had hij tégen professor Lichtl moeten pleiten, en vooral had hij geen wezenlijke argumenten mogen aanvoeren, maar veeleer zuiver formele tegenwerpingen. Skutecky had zich eens te meer een meester in het vak getoond, toen hij tegen Bloch niet het onverbloemde antisemitische bezwaar opperde, maar het objectieve en terechte bezwaar van zijn gevorderde leeftijd. Op gelijkaardige wijze had hij moeten aantonen dat de kandidatuur van Lichtl niet voldeed aan een aantal formele eisen. Als morgen de ministerraad toch tot de aanstelling van deze lichtgewicht zou overgaan, dan had hij, het diensthoofd, een zware nederlaag geleden op zijn hoogsteigen terrein. Nu was het te laat. Zijn optreden van vandaag en zijn nederlaag van morgen zouden hem onvermijdelijk dwingen om versneld met pensioen te gaan. Hij dacht aan de hatende blik van de pafferige jongeman. Dat was de hatende blik van een nieuwe generatie, die een fanatieke beslissing getroffen had en van plan was 'onzekere types' als hij meedogenloos op te ruimen. De wraakzuchtige Spittelberger beledigd, het pafferige heertje en met hem de hele jeugd rood van woede, toe maar, dat volstaat wel, zijn vonnis was getekend. Leonidas, die vanmorgen nog zijn loopbaan met tevreden verwondering overlopen had, gaf zich nu om halféén 's middags zonder strijd en zonder spijt gewonnen. Al te groot was de ommekeer die de rest van de dag nog van hem eiste. Al te zwaar drukte het komende uur van de biecht op hem. Maar het moest gebeuren.

Langzaam ging hij de trap op naar de eerste verdieping. Zijn makkelijke huisjasje hing als steeds mooi klaar over een stoel. Hij deed zijn grijze colbertjasje uit en waste in de badkamer uitvoerig zijn gezicht en handen. Daarna bracht hij met kam en borstel de scheiding in zijn haar weer piekfijn in orde. Terwijl hij daarbij in de spiegel zijn nog jeugdig dikke haardos bekeek, bekroop hem een hoogst merkwaardig gevoel. Hij had met zichzelf te doen precies vanwege deze goed bewaarde knappe jeugdigheid. De onbegrijpelijke partijdigheid van de natuur, die de slaper op de bank in het Schönbrunner Park op zijn vijftigste al tot een ruïne had laten vervallen, maar die hem met een frisse jeugdigheid gezegend had, die leek hem nu zinloos verspild. In het volle bezit van zijn dichte, zachte haar en zijn rozige wangen werd hij uit zijn vaste koers geworpen. Het zou hem minder zwaar zijn gevallen als een oud en verwoest gezicht hem uit de spiegel had aangestaard. Nu echter toonden de bekende en geliefde gelaatstrekken hem wat er allemaal verloren was, hoe stralend hoog de zon ook stond...

Met de handen op de rug slenterde hij door de kamers. In Amelies kleedkamer bleef hij, de geuren opsnuivend, staan. Hij kwam heel zelden in dit deel van het huis. Het parfum dat Amelie meestal gebruikte kwam hem flauwtjes tegemoet, als een aanklacht die, doordat ze zo zwak is, een eens zo sterk effect heeft. Die geur voegde aan al de kwellingen in zijn hart nog een nieuwe toe. Andere, zwakkere geuren van gefriseerd haar en spiritus verscherpten zijn weemoed nog. In de kamer heerste nog de lichte wanorde die Amelie er achtergelaten had. Verschillende paren elegante schoenen stonden treurig door elkaar. De toilettafel, met daarop de vele flesjes, kristallen flacons, schaaltjes, doosjes en potjes, schaartjes, vijltjes en kwastjes, was niet opgeruimd. Zoals de afdruk van een zacht lichaam in een verlaten kussen, zo hing het wezen van Amelie nog in de kamer. Op de secretaire lagen naast boeken, geïllustreerde tijdschriften en modebladen, stapels geopende brieven achteloos tentoongespreid. Het was krankzinnig, maar op dit ogenblik verlangde Leonidas er vurig naar dat Amelie hem iets aangedaan had, dat hij een hevige pijn over een misstap van haar zou kunnen voelen, een schuld die haar geweten minder zuiver zou maken en het zijne bijna zijn onschuld terug zou geven.

Wat hij altijd verafschuwd had, deed hij nu voor het eerst. Hij stortte zich op de open brieven, woelde opgewonden in het koele papier, las hier een regel, daar een zinnetje, legde beslag op elk mannelijk handschrift, speurde verward naar bewijzen van ontrouw, een ongeloofwaardige schatgraver van zijn eigen vernedering. Was het denkbaar dat Amelie zijn immer loyale echtgenote gebleven was, twintig jaar lang trouw aan hem, de ijdele lafaard, de meest volhardende van alle leugenaars, die onder de gebarsten lak van een onechte levenswijsheid eeuwig het letsel van zijn ellendige jeugd verborg? Nooit had hij de door God gewilde afstand tussen hem en haar kunnen overbruggen, de afstand tussen een geboren Paradini en een geboren stumperd. Alleen hij wist dat zijn zelfzekerheid, zijn vlotte houding, zijn nonchalante elegantie afgekeken waren van anderen, een moeizame veinzerij, die zelfs tijdens zijn slaap niet van hem afviel.

Met bonzend hart zocht hij naar de brieven van een man die hem tot een hoorndrager zouden maken. Wat hij vond waren pure orgieën van onschuld, die hem goedmoedig uitlachten. Hij trok de laatjes van het sierlijke schrijftafeltje open. Een lieflijke chaos van vrouwelijke vergeetachtigheden werd zichtbaar. Tussen fluwelen en zijden doekjes, echte en namaakjuwelen, ringen van kunsthoorn, onvolledige paren handschoenen, versteende chocoladebonbons, visitekaartjes, stoffen bloemen, lippenstiften en medicijndoosjes lagen in samengebonden pakjes oude rekeningen, bankuittreksels, en weer brieven, die hem op hun beurt toelachten en uitlachten in hun onschuld.

Ten slotte stootte hij op een kleine agenda. Hij bladerde hem door. Schaamteloos schond hij het geheim. Vluchtige notities van Amelie op bepaalde dagen. 'Vandaag nog eens alleen met León! Eindelijk! God zij dank!' – 'Na het theater een wondermooie nacht. Zoals die keer in mei, met een betoverende León.' In dit boekje stond een aangrijpend nauwkeurige rekening-courant van hun liefde opgetekend. De laatste notitie omvatte verschillende regels: 'Vind León ietwat veranderd sedert zijn verjaardag: hij is kwetsend galant, minzaam, en tegelijk afwezig. De gevaarlijke leeftijd bij mannen. Ik moet oppassen. Nee! Ik geloof rotsvast in hem.' Het woord 'rotsvast' was driemaal onderstreept.

Ze geloofde in hem! Hoe argeloos was ze toch ondanks haar jaloersheid. Zijn absurde en wansmakelijke bange hoop was onterecht gebleken. Geen schuld van haar verlichtte die van hem. Veel meer dan dat laatste zware gewicht legde ze het gewicht van haar geloof op zijn ziel. Recht geschiedde. Leonidas ging aan het schrijftafeltje zitten en staarde gedachteloos naar de liefelijke wanorde, die hij met zijn profane handen ontwijd en vergroot had.

Hij sprong niet geschrokken op, maar bleef gewoon zitten toen Amelie binnenkwam.

'Wat doe jij hier?' vroeg ze. De schaduwen en de blauwige schijn onder haar ogen waren scherper geworden. Leonidas liet niet de minste verlegenheid blijken. Wat een doortrapte leugenaar ben ik toch, dacht hij, er bestaat werkelijk geen enkele situatie die me van de wijs brengt. Hij keerde zijn vermoeide gezicht naar haar toe:

'Ik zocht iets voor mijn hoofdpijn. Asperine of pyramidon...'

'Het buisje met de pyramidon ligt levensgroot voor je.'

'Nee toch, heb ik daar over gekeken?'

'Misschien was je wel te druk met mijn correspondentie in de weer... Lieve jongen toch, zolang een vrouw zo slordig is als ik, heeft ze zeker niets te verbergen.'

'Ik weet immers hoe je bent, Amelie. Ik geloof rotsvast in je.'

Hij stond op en wilde haar hand vastpakken. Zij zette echter een stap achteruit en zei, nogal nadrukkelijk:

'Het is niet erg galant als een man al te zeker is van zijn vrouw.'

Leonidas drukte zijn vuisten tegen zijn slapen. De hoofdpijn die hij daarnet nog geveinsd had, was nu echt opgekomen. Ze had iets op de lever, hij voelde het. Vanmorgen al scheelde haar iets. En ondertussen leek het nog erger te zijn geworden. Als ze nu een van haar scènes maakt, als ze me uitscheldt en treitert, dan zou het me makkelijker vallen om te bekennen. Als ze echter lief voor me is en vriendelijk, dan weet ik niet of ik de moed wel zal hebben... Verduiveld, gedaan nu met 'als' en 'maar', ik moet met haar praten!

Amelie schoof haar viooltjesblauwe handschoenen van haar vingers, deed haar zomers lichte astrakanmantel uit, nam zwijgend een pastille uit het buisje, ging naar de badkamer en kwam terug met een glas water. Ach, ze is lief voor me. Jammer! Terwijl ze het middeltje in een lepel oploste, vroeg ze:

'Heb je een lastige dag gehad?'

'Ja, er waren moeilijkheden op het werk.'

'Met Spittelberger natuurlijk? Kan ik me indenken.'

'Laten we erover zwijgen, Amelie.'

'Ziet eruit als een uitgedroogde pad vóór de regen, die Vinzenz. En mijnheer Skutecky dan, die Boheemse dorpsschoolmeester! En mensen van dat kaliber mogen vandaag regeren...'

'De vorsten en graven van vroeger zagen er weliswaar beter uit, maar regeren deden ze nog slechter. Je bent een onverbeterlijke estheet, Amelie.'

'Jij hoeft je aan die lui niet te ergeren, León! Je hebt dat ordinaire gezelschap immers niet nodig. Gooi ze dat maar eens naar hun kop!'

Ze bracht het lepeltje naar zijn mond en gaf hem het glas. Zijn hart werd helemaal week van een plotselinge weemoed. Hij wilde haar tegen zich aan trekken. Ze boog haar hoofd opzij. Hij merkte dat ze vandaag minstens twee uur bij de kapper had doorgebracht. Haar weelderige haar was onberispelijk gegolfd en geurde als de liefde zelf. Het is waanzinnig, wat heb ik met de geest Vera Worrnser te maken? Amelie keek hem streng aan:

'Ik sta er voortaan op, León, dat je elke dag een uurtje rust na het eten. Je bent per slot van rekening op een gevaarlijke leeftijd voor de man...'

Leonidas klampte zich aan haar woorden vast, als konden ze hem als verdediging dienen:

'Je hebt gelijk, liefje... Sinds vandaag weet ik dat een man van vijftig een oude man is.'

'Gekkerd,' lachte ze ietwat wrang, 'ik zou me waarschijnlijk beter voelen, als je eindelijk een oude heer was en niet langer die eeuwig jonge en bewonderde schoonheid, door alle vrouwen aangegaapt...'

De gong riep hen aan tafel. In de grote eetkamer beneden was een kleine ronde tafel bij het venster gezet. De imposante familietafel in het midden van de kamer stond er met haar twaalf hoge stoelen leeg en uitgestorven bij, neen, erger nog, dood zonder ooit geleefd te hebben. Leonidas en Amelie waren geen gezin. Ze zaten als ballingen van hun familietafel als het ware aan het bijzettafeltje van hun kinderloosheid. Ook Amelie scheen zich vandaag van die ballingschap sterker bewust dan gisteren en eergisteren en alle voorbije dagen en jaren, want ze zei:

'Als je 't goed vindt, laat ik vanaf morgen boven in de woonkamer dekken...'

Leonidas knikte verstrooid. Al zijn gedachten waren gericht op de eerste woorden van zijn nakende biecht. Een doldrieste inval ging plotseling door zijn geest. Wat zou er gebeuren als hij tijdens zijn grote bekentenis in plaats van om vergeving te bedelen, uit de band zou springen en aan Amelie boudweg vragen om zijn zoon in huis op te nemen, zodat hij bij hen zou wonen en aanzitten aan tafel? Een kind van hem en Vera moest ongetwijfeld over een aantal kwaliteiten beschikken. En zou zo'n jong, stralend gezicht het hele leven niet doen opklaren?

Het eerste gerecht werd opgediend. Leonidas schepte zijn bord vol, maar bij de derde hap legde hij zijn vork al neer. De bediende had de schotel zelfs niet aangeboden aan Amelie, maar hij had een kommetje met rauwe selderijstengels naast haar couvert gezet. En ook bij de tweede gang kreeg ze slechts een nietig, snel gebraden koteletje, ongekruid en zonder iets erbij.

Leonidas zag dit alles met grote ogen aan:

'Ben je ziek, Amelie, heb je geen trek?'

Haar blik kon een smalende bitterheid niet verbergen:

'Ik rammel van de honger,' zei ze.

'Aan dat mussenhapje zal je je niet overeten...'

Ze porde wat in haar slaatje, dat speciaal voor haar zonder

azijn en olie, maar met enkele druppels citroensap was klaar-gemaakt.

'Valt het je vandaag pas op,' vroeg ze scherp, 'dat ik als een kluizenaar leef?'

Zijn repliek klonk vrij magertjes en onhandig:

'En welke hemel wil je op die manier verdienen?'

Met een heftig gebaar van afkeer schoof ze de sla van zich af:

'Een belachelijke hemel, mijn schatje. Jou is het immers volkomen om het even hoe ik eruit zie. Jou laat het koud of ik er als een ronde ton bij loop of als een sylfide.'

Leonidas, die al in een slechte dag was, verdwaalde nog dieper in het struikgewas van zijn onhandigheid:

'Ik vind je mooi zoals je bent, lieve. Ik hecht niet zoveel be-lang aan uiterlijkheid als je wel denkt. Voor mij hoef je zeker niet als een heilige te leven...'

Haar ogen, die ouder waren dan zijzelf, keken hem blikse-mend aan en vulden zich met een lelijke, ja gemene opwin-ding:

'Ach zo, ik ben voor jou dus al aan gene zijde van goed en kwaad. In jouw ogen kan voor mij al geen hulp meer baten. Ik ben voor jou niets dan een oude slechte gewoonte die je blijft meezeulen. Een slechte gewoonte die weliswaar een paar praktische voordelen biedt...'

'Asjeblieft, Amelie, denk toch eens na over wat je daar al-lemaal zegt!'

Amelie was echter niet van plan om na te denken over wat ze zei, neen, ze ging door als een waterval:

'En ik, domme gans, was bijna blij toen je daarstraks zo wansmakelijk in mijn brieven zat te neuzen. Hij is dus tóch jaloers, dacht ik. Niets daarvan... Waarschijnlijk was je op zoek naar kostbaarder dingen dan liefdesbrieven, want je zag er zo équivoque uit dat ik ervan geschrokken ben, zo... Als een gladde bedrieger, een gentleman-oplichter, een banale zondagsverleider van dienstmeisjes...'

'Bedankt,' zei Leonidas, terwijl hij naar zijn bord keek. Amelie kon zich nu niet langer beheersen en barstte in luid snikken uit. Daar was de scène. Een totaal zinloze en hoogst onaangename scène. Nooit eerder heeft ze dergelijke materiële verdachtmakingen tegen me uitgesproken. Tegen mij nog wel, ik die toch altijd op een strenge scheiding van goederen heb gestaan, ik die de kamer verlaat als ze haar bankiers en advocaten ontvangt. En toch, ze zit ernaast en schiet tegelijkertijd in de roos. Verleider van dienstmeisjes. Haar woede maakt het me niet makkelijker. Ik krijg op die manier de kans niet om van wal te steken...

Helemaal in de war stond hij op, ging tot bij Amelie en nam haar hand:

'Ik zal maar doen alsof ik de domme praat die je daarnet uitgeslagen hebt, niet gehoord heb. Je bent zo waanzinnig bezeten door je gevecht met de calorieën, dat je er nog eens zenuwziek van wordt. Ik vraag je, verman je nu toch. We kunnen toch geen scène maken waar anderen bij zijn.'

Die opmerking bracht haar ietwat tot rede. De bediende kon inderdaad elk ogenblik binnenkomen.

'Vergeef me, Léon, alsjeblieft,' stamelde ze nog nasnikkend, 'ik voel me ellendig vandaag, dat weer, de kapper en dan...'

Ze was zichzelf weer meester, bette haar ogen met een zakdoekje en perste haar lippen op elkaar. De bediende, een oudere man, serveerde de zwarte koffie en ruimde de fruitborden

en de vingerkommetjes af. Hij scheen niets gemerkt te hebben. Hij bleef nogal lang rondhangen, waardig en op gepaste
afstand. Ondertussen zwegen de twee. Toen ze weer alleen waren, vroeg Leonidas luchtig:

'Heb je een bepaalde reden voor dat wantrouwen tegenover
mij?'

Terwijl hij met ademloos wachtende ziel die vraag stelde,
had hij het gevoel dat hij een loopplank over een donkere kloof
gooide. Amelie keek hem vertwijfeld aan met haar rode ogen:

'Ja, ik heb daar een reden voor, León...'

'En mag ik die reden kennen?'

'Ik weet dat je 't niet kan hebben als ik je uitvraag. Laat me
dus maar. Ik kom er wel overheen.'

'En als ik degene ben die er niet overheen komt,' zei hij
zacht, terwijl hij toch ieder woord beklemtoonde. Een hele
tijd nog was ze in strijd met zichzelf, ten slotte boog ze haar
hoofd:

'Er was een brief voor je vanmorgen...'

'Er waren elf brieven voor me vanmorgen...'

'Maar er was één brief bij van een vrouw. Een misleidend,
leugenachtig vrouwenhandschrift.'

'Vind je dit handschrift echt zo leugenachtig?' vroeg
Leonidas. Uiterst langzaam haalde hij zijn portefeuille te
voorschijn en nam er het corpus delicti uit. Door zijn stoel
een eindje van de tafel weg te schuiven naar het raam toe, liet
hij het regenachtige licht op Vera's brief vallen. De weegschaal
van het lot stond bewegingloos in de kamer. Hoe gaat alles
toch zijn eigen uitgestippelde gang! Men hoeft zich nooit
zorgen te maken. Men hoeft niet éénmaal zelfstandig in te
grijpen. Alles draait toch anders uit dan men verwacht, maar

alles komt vanzelf. Onze toekomst hangt nu enkel af van haar bedrevenheid in het lezen tussen de regels. Hij was nu plotseling een koel waarnemer geworden en reikte Amelie met gestrekte hand het dunne vel papier aan.

Ze nam het aan en las. Ze las hardop: 'Zeer geachte Heer Diensthoofd.' Al bij die woorden van de aanspreking gleed er een ontspanning over haar trekken, zo sterk als Leonidas nog nooit bij Amelie had gezien. Hij kon haar opgelucht horen ademhalen. Ze las verder, steeds luider:

'Ik ben gedwongen me vandaag in een brief tot U te wenden. Het gaat niet over mezelf, maar over een jong en begaafd mens...'

Een begaafde jongeman. Amelie legde de brief op tafel zonder verder te lezen. Ze snikte opnieuw. En ze lachte. Lachen en snikken klonken door elkaar. Maar dan kreeg het lachen de bovenhand, tot het haar vervulde als een alles verterend vuur. Plotseling sprong ze op, snelde tot bij Leonidas, ging aan zijn voeten zitten en legde haar hoofd op zijn knieën, haar manier van doen op momenten van weerloosheid en overgave. Daar ze echter nogal groot was en lange benen had, hadden deze heftige gebaren van deemoed altijd een lichtjes afschrikkend, om niet te zeggen schokkend effect op hem.

'Als je een primitieve man was,' stamelde ze, 'dan zou je me nu moeten slaan of wurgen of wat dan ook, want ik heb je zo fel gehaat, jou, mijn liefste, als ik nog nooit iemand gehaat heb. Zeg asjeblieft niets, laat me biechten...'

Hij zei geen woord. Hij liet haar biechten. Hij staarde naar het licht gemodelleerde blond van haar haar. Zij echter, zonder ook maar één keer omhoog te kijken, sprak haastig, als sprak ze tegen de grond:

'Als je zo bij de kapper zit, je hoofd onder de droogkap, urenlang, het suist in je oren, de lucht wordt alsmaar heter, elke haarwortel schreeuwt van nervositeit, de watergolf dwingt je om dit vol te houden, opera vanavond, en bij dit weer blijft het haar niet liggen... Ik heb naar de foto's in *Vogue* en *Jardin des Modes* zitten kijken, zonder ook maar iets te zien, enkel om niet gek te worden, want zoals je weet, was ik er rotsvast van overtuigd dat jij een levenslange oplichter bent, een handige bedrieger, ja, zo'n soort zondagsverleider van dienstmeisjes, altijd piekfijn, jij, gladde aal, en mij neem je er al twintig volle jaren tussen, je spiegelt me voortdurend dingen voor, nietwaar, zo noemt men dat toch in de rechtszaal, want sinds de dag van onze verloving al speel je een rol, en ik heb een heel leven nodig gehad en mijn jeugd verloren om erachter te komen dat je een minnares hebt, genaamd 'Vera Wormser loco', haar brief heb ik immers op tafel gevonden, net vóór jij aan het ontbijt verscheen, en het was een verschrikkelijk helder inzicht, en ik heb al mijn kracht moeten verzamelen om de brief niet te stelen, maar dat was al niet meer nodig, want door dat plotselinge inzicht was het me al zonneklaar geworden dat je er zo eentje bent die een dubbelleven leidt, zoals men dat ziet in films, en jullie hebben ergens een huisje van jullie tweeën en een idyllisch gezinsleven, jij en je 'Vera Wormser loco', wat weet ik immers van wat jij allemaal doet tijdens je dienst-uren of tijdens die vele nachtelijke vergaderingen, en kinderen hebben jullie natuurlijk ook, twee of misschien wel drie... En jullie huis heb ik gezien, mijn woord erop, ergens in Döbling, in de buurt van het Kuglerpark of het Wertheimsteinpark, opdat de kinderen veel gezonde lucht zouden hebben, ik kon zo binnenlopen in het gezellige huis dat je voor die vrouw hebt ingericht, en ik heb heel wat kleine spulletjes teruggevonden die ik al een tijdje miste, en je kinderen heb ik ook gezien, jawel, drie waren het er, drie halfwassen bastaards, stuitend, en ze sprongen om je heen en noemden je meermaals 'oompje' en ook meer dan eens schaamteloos 'papa', en jij overhoorde hun lessen, en de jongste klauterde op je schoot en je was een gelukkige papa, net zoals in de boekjes. En dat heb ik allemaal moeten doorstaan en ondergaan in mijn hoofd, opgesloten onder de onduleerkap, weglopen kon ik niet, ik moest zelfs nog vriendelijke antwoorden geven, als de kleffe patroon me met zijn praatjes kwam vervelen: mevrouw ziet er werkelijk stralend uit, doet mevrouw mee aan het gekostumeerd feest van Schönbrunn, als de jonge keizerin Maria-Theresia moet mevrouw verschijnen, met een hoepelrok en een hoge witte pruik, geen enkele dame uit de hoge aristocratie kan met mevrouw wedijveren, mijnheer uw man zal verrukt zijn... – en ik kon hem niet zeggen dat ik mijnheer onmogelijk kan verrukken, omdat hij een schoft is, een gelukkige papa ergens in Döbling... Zeg maar niets, laat me biechten, want het ergste moet nog komen. Ik heb je niet alleen gehaat, León, ik ben ook ontzettend bang voor je geweest. Je dubbelleven stond me voor de geest als een..., als een..., ach, ik weet niet als wat, maar daarnaast stond het ook voor me vast, zo onomstootbaar vast als ik me nu niet meer kan voorstellen, dat je me zou vermoorden, je moest immers in ieder geval van me afkomen, want die Vera Wormser kon je niet opruimen, zij is de moeder van je kinderen, dat snapt toch iedereen, ik echter ben slechts door de huwelijksakte aan je gebonden, door een vodje papier, bijgevolg zul je mij vermoorden, en dat doe je bijzonder handig, met een traag werkend gif, dat je in dagelijkse doses toedient, bij voorkeur enkele druppels in de sla, zoals we dat kennen uit de renaissance, denken we maar aan de Borgia's en anderen. Men merkt haast niets, maar wordt van dag tot dag bloedarmer en bleekzuchtiger, tot het ermee gedaan is. Ik zweer het je, León, ik zag mezelf al liggen in mijn doodkist, hoe prachtig had je me niet opgebaard, jong was ik en betoverend mooi met mijn pas gegolfde haren, helemaal in het wit, golvende geplisseerde crêpe de Chine, denk vooral niet dat ik nu ironisch praat of grapjes maak, mijn hart is gebroken toen ik te laat, ja pas na mijn dood, heb ingezien dat mijn vurig beminde, in wie ik even vurig geloofde, een geniepige vrouwenmoordenaar is. En dan zijn ze natuurlijk allemaal gekomen, de ministers en de bondspresident, de hoogste autoriteiten en de coryfeeën van de maatschappij, allemaal kwamen ze je condoleren, en jij stond daar weer zo afschuwelijk onberispelijk, want je was in rok, zoals toen we elkaar voor het eerst ontmoetten, op het juristenbal, weet je nog, en daarna stapte je naast de president achter mijn kist, nee, je schreed, en knipoogde eventjes naar Vera Wormser die met haar kinderen stond te kijken vanop een tribune... Probeer je dat eens in te beelden, León, met zulke beelden in mijn hoofd ben ik naar huis gekomen en daar vind ik je tussen mijn brieven, wat nooit eerder gebeurd is in de voorbije twintig jaren die achter ons liggen. Ik kon mijn ogen niet geloven, wat ik daar zag was geen hersenspinsel meer, jij was León niet, maar een volslagen vreemde, de man met het dubbelleven, de echtgenoot van de andere vrouw, de gentleman-oplichter die zich niet bespied weet. Ik weet niet of je me dit zult kunnen vergeven, maar op dat ogenblik ging het als een bliksemschicht door me heen: hij wil niets anders dan zich mijn grote vermogen toe-eigenen na mijn dood. Ja, León, zo zag je eruit, toen je over mijn schrijftafel gebogen zat met alle laden open, als een betrapte testamentvervalser, iemand die in nalatenschappen snuffelt. Terwijl het zelfs nog niet bij me opgekomen is om een testament te maken. En terwijl alles toch evengoed aan jou toebehoort. Zwijg! Laat me alles zeggen, alles, alles! Straks moet je me dan straffen, als een strenge biechtvader. Leg me een verschrikkelijke boete op. Ga bijvoorbeeld in je eentje naar Anita Hojos, die smoorverliefd op je is en die jij iedere keer verslindt met je ogen. Geduldig zal ik thuis wachten, niets zal ik je in de weg leggen, want ik weet natuurlijk heel scherp, dat niet jij schuldig bent aan mijn gruwelijke waanvoorstellingen van vanmorgen, maar ik alleen, en de brief van die onschuldige mevrouw Wormser, een antipathiek handschrift heeft ze overigens. De meest doortrapte man kan het nooit zo..., zo..., hoe zal ik zeggen, zo fantaseren als een vrouw onder de droogkap bij de kapper. En dan moet je bedenken dat ik helemaal geen hysterica ben, maar een betrekkelijk intelligente vrouw, dat heb je ooit zelf gezegd. Je moet me begrijpen, ik heb heel precies geweten dat je geen dubbelleven kan leiden en dat mijn geld je nooit geïnteresseerd heeft, en dat je een hoogstaand mens bent en een algemeen gewaardeerd opvoeder van de jeugd, dat de hele wereld je acht en dat je hoog boven mij verheven bent. Maar tegelijk wist ik ook heel exact dat je een geslepen bedrieger bent en mijn zoete, geliefde gifmoordenaar. Het was geen jaloersheid, je moet me geloven, het overviel me van buiten af, het was een soort ingeving. En dan heb ik een glas water voor je gehaald en met mijn eigen handen heb ik mijn gifmoordenaar pyramidon laten slikken, en mijn hart bloedde van liefde en afschuw toen ik mezelf zo beproefde,

geloof me, León... Zo, nu heb ik je alles, alles opgebiecht.
Ik begrijp nog niet wat er vandaag in me omging. Heb jij er
misschien een verklaring voor?'

Zonder op te kijken en zonder één onderbreking of punt,
het hoofd voortdurend naar beneden, zo had Amelie haar
biecht uitgespuwd. Brandende schaamte dwong haar af en toe
om haar litanie met een ironische opmerking te onderbreken.
Nog nooit had Leonidas het meegemaakt dat iemand zich zo
blootgaf, hij had deze vrouw daartoe trouwens niet in staat ge-
acht. Ze drukte haar gezicht nu tegen zijn knie, ongehinderd
stroomden haar tranen. Hij begon de natte warmte te voelen
door de dunne stof van zijn broek heen. Een onaangenaam
gevoel, dat tegelijk ook heel aandoenlijk was. Gelijk heb je,
mijn kindje, het is een echte ingeving die je sinds vanmorgen
niet meer losgelaten heeft. Vera's brief heeft je werkelijk geïn-
spireerd. Hoe dicht ben je om de vlam van de waarheid heen
gefladderd! Je helderziendheid kan ik niet verklaren. Nu zou
ík eindelijk moeten spreken. Zo zou ik van wal moeten steken: Je hebt gelijk, mijn kindje. Het is een merkwaardig iets,
zo'n echte ingeving... Maar kan ik zo wel spreken? Kan een
karaktervol mens als ik zo spreken?

'Het is niet erg mooi,' zei hij hardop, 'wat je daar in je oude
jaloersheid bij elkaar hebt gefantaseerd. Maar als pedagoog
ben ik beroepshalve per slot van rekening ook een beetje een
zielenkenner. Ik merk al geruime tijd dat je nogal opgewonden
bent. We leven nu al twintig jaar samen en hebben nog maar
één keer een langere scheiding moeten doorstaan, jij en ik.
Dan heb je natuurlijk de onvermijdelijke crises, vandaag
voor de ene, morgen voor de andere. Het getuigt van een
hoogstaande moraal dat je me de krenkende spinsels van je

onderbewustzijn eerlijk hebt toevertrouwd. Ik benijd je om
je biecht. Stel je voor, dat ik al bijna vergeten ben dat ik een
gifmoordenaar ben en een testamentvervalser...'

De wauwelende leugens gaan maar door. Niets ben ik
vergeten. Zondagsverleider van dienstmeisje, dat was raak.

Amelie hief haar hoofd op, haar gezicht straalde toen ze
hem zo aanhoorde. 'Het is eigenlijk grappig dat een mens zo
onbeschrijfelijk gelukkig is als hij gebiecht heeft en absolutie
krijgt. Alles valt in één keer van je af...'

Leonidas keek ingespannen opzij, terwijl zijn hand heel
zacht over haar haar streek:

'Ja, het is een geweldige opluchting als men uit zijn bin-
nenste kan biechten. En daarbij heb je niet de kleinste zonde
begaan...'

Amelie keek verrast op. Ze keek hem plotseling koel en
onderzoekend aan:

'Waarom ben je zo verschrikkelijk goed, zo wijs, zo gelijk-
moedig, zo veraf, een ware Tibetaanse monnik? Zou het niet
edeler zijn als je revanche nam door zelf een stoute biecht te
spreken?'

Edeler in elk geval, dacht hij, en de stilte werd zeer diep.
Maar er kwam slechts een besluiteloos gekuch uit zijn mond.
Amelie was opgestaan. Ze poederde zich zorgvuldig en verfde
haar lippen. Dat was de adempauze van de vrouw, het einde
van een bewogen bedrijf uit het leven. Nog even gleed haar blik
over Vera's brief, het onschuldige verzoekschrift dat op tafel lag.

'Je mag niet boos zijn, León, zo begon ze voorzichtig, maar
er is nog één zaak die me bezighoudt. Waarom draag je, van
al je post van vanmorgen, precies deze ene brief van die wild-
vreemde dame in je portefeuille?'

'Die dame is me niet vreemd,' antwoordde hij waardig en bondig, 'ik ken haar al jaren. In de ellendigste periode uit mijn leven heb ik nog bijlessen gegeven in haar ouderlijk huis.'

Hij griste de brief met een bruuske, ja boze beweging van tafel en stak hem weg in zijn portefeuille.

'Dan moet je maar iets doen voor haar begaafde jongeman,' zei Amelie, en een dromerige warmte verscheen in haar aprilogen.

HOOFDSTUK VI

Vera verschijnt en verdwijnt

Na de maaltijd verliet Leonidas terstond zijn huis en reed naar het ministerie. Daar zat hij nu, met zijn hoofd in zijn handen, en keek door het hoge raam naar buiten, over de Volkstuin heen, met zijn bomen die, versluierd door de paarlemoeren nevelachtige regen, tot in de wattige hemel staken. Zijn hart was vol verwondering over en bewondering voor Amelie. Liefhebbende vrouwen bezaten een zesde zintuig. Een beetje zoals het rondzwervende wild dat met een gevoelige neus is uitgerust en lucht krijgt van zijn vijanden. Als helderzienden doorgronden vrouwen de schuld van de man. Amelie had alles geraden, al had ze het gewoontegetrouw overdreven, vervormd en fout uitgelegd. Men kon bijna de verdenking koesteren dat er een onverklaarbaar complot bestond tussen de twee vrouwen, tussen de ene die belichaamd werd door het bleekblauwe handschrift, en de andere die door een vluchtige blik op dat handschrift tot in haar hart geraakt was. In die enkele regels van het adres had Vera de andere vrouw de waarheid toegefluisterd, en Amelie had dat vanzelfsprekend als een plotselinge ingeving uit het niets ervaren. Wat een ironie dat de helderziendheid door de gortdroge inhoud van de brief daarna haast belachelijk werd gemaakt! Hem echter had die helderziendheid, scherp intuïtief en nietsvermoedend als ze tegelijk was, het masker van het gezicht getrokken. 'Zondagsverleider van dienstmeisjes!' Had hij zichzelf vandaag niet als een huwelijkszwendelaar bestempeld? En was hij dat ook niet in de strafrechtelijke betekenis van het woord? Amelie kon het aflezen van zijn gezicht. Nochtans had hij net daarvóór dat gezicht bekeken in de spiegel en er niets laags in ontdekt, slechts een welgeschapen voornaamheid die dat eigenaardige zelfmedelijden in hem had gewekt. En hoe was het gekomen dat zijn voornemen zonder zijn toedoen totaal omgeslagen was, en dat zij gebiecht had en niet hij? Een groot bewijs van haar liefde, die biecht, groter dan hij verdiende. Die radicale en schaamteloze moed der eerlijkheid van Amelie had hij niet gehad. Dat was misschien toe te schrijven aan zijn lagere afkomst en zijn armoede van weleer. Zijn jeugd was vervuld geweest van schrik, van gejaagdheid om hogerop te komen, hij sidderde van ontzag voor de hogere klassen. Hij had het zichzelf krampachtig moeten aanleren, de rustige beheersing bij het betreden van een salon, het soevereine gebabbel (men voert een gesprek), de vlotte tafelmanieren, de juiste dosering bij het geven en ontvangen van eerbetoon, al die delicate en vanzelfsprekende deugden waarmee de leden van de herenkaste geboren worden. Deze vijftigjarige man kwam nog uit een wereld van gespannen klassenverschillen. De energie die de jeugd van vandaag in sportbeleving kwijt kan, had hij moeten benutten voor een heel bijzondere discipline, met name het overwinnen van zijn schuchterheid en het compenseren van zijn permanente gevoel van te kort te schieten. O, dat onvergetelijke ogenblik, toen hij, gekleed in de rok van de zelfmoordenaar, zichzelf voor het eerst als overwinnaar in de spiegel zag staan! Maar hoe perfect hij de delicate en vanzelfsprekende kunst van de omgangsvormen ook geleerd had, hoe lang hij ze ook al onbewust beoefende, toch bleef hij altijd wat de Romeinen een 'vrijgelatene' noemden. En een vrijgelatene bezit niet de natuurlijke moed der eerlijkheid van een geboren Paradini, met die vermetele verhevenheid boven elke schaamte. Daarenboven had Amelie de vrijgelatene oneindig veel dieper doorzien dan hij zichzelf doorzag, zij had een blik in zijn afgrond geworpen. Het was immers waar dat hij huiverde om schuld te bekennen inzake die zoon van hem en Vera, bang voor Amelies woede en wraak. Hij vreesde dat ze terstond de scheidingsprocedure zou inzetten. En boven alles vreesde hij de rijkdom te verliezen waarvan hij nu zo nonchalant genoot. Hij, de nobele man die zogenaamd niets om geld gaf, de hoge ambtenaar, de volksopvoeder, hij wist nu dat hij het bekrompen leven van zijn collega's nooit zou aankunnen, die dagelijkse strijd tegen al de prettige verlokkingen en bekoringen. Het geld had hem al helemaal verdorven, evenals de aangename gewoonte om op elke wens die opwelde meteen te kunnen ingaan. Hoe goed begreep hij nu dat heel wat van zijn collega's aan de verleiding niet konden weerstaan en smeergeld aannamen om hun hebberige vrouwen af en toe eens een pleziertje te kunnen gunnen. Zijn hoofd zonk tot op de schrijfmap. Vurig wenste hij een monnik te zijn, van een strenge orde graag...

Leonidas vermande zich. 'We kunnen er niet onderuit,' zuchtte hij luid en loos. Dan nam hij een vel papier en begon een memorandum op te stellen voor de minister waarin hij het als een absolute noodzaak voor de staat trachtte voor te stellen dat men de buitengewoon hoogleraar in de geneeskunde Alexander Bloch de vacante leerstoel en de kliniek zou toevertrouwen. Waarom hij volhardde in zijn eigenzinnigheid en een beslissende krachtproef wilde ontketenen, wist hij zelf

niet. Hij had amper tien regels op papier gezet, toen hij zijn
pen al neerlegde en zijn secretaris ontbood:

'Wilt u zo goed zijn, waarde vriend, om het Parkhotel
in Hietzing te bellen en mevrouw of juffrouw doctor Vera
Wormser ervan op de hoogte te brengen dat ik haar om vier
uur persoonlijk kom opzoeken.'

Leonidas' stem klonk vlak en onzeker, zoals altijd op ner-
veuze momenten. De secretaris legde een blanco velletje voor
hem op tafel:

'Mag ik mijnheer vragen om de naam van de dame op te
schrijven,' zei hij. Leonidas staarde hem wel een halve minuut
wezenloos en woordeloos aan, daarna stak hij het begonnen
memorandum in de map, bracht de spullen op zijn bureau in
orde – de ambtenaar die afscheid neemt – en stond op:

'Nee, laat maar. Het is niet nodig. Ik ga nu.'

De secretaris beschouwde het als zijn plicht zijn chef eraan
te herinneren dat de minister tegen vijf uur op het ministerie
verwacht werd. Op Leonidas, die net zijn hoed en jas van de
kapstok nam, scheen die mededeling geen indruk te maken.

'Als de minister naar me vraagt, hoeft u geen uitleg te geven. Zeg maar gewoon dat ik weggegaan ben...'

Na deze woorden liep hij de jongeman met veerkrachtige
tred voorbij en verliet zijn bureau.

Het behoorde tot de zorgvuldig uitgekiende gewoonten van
het diensthoofd, dat hij nooit met zijn dure auto tot voor de
deur van het ministerie reed, maar dat hij zijn auto, als hij hem
al gebruikte, in de Herrengasse achterliet. Hij vreesde niet alleen de afgunst van zijn collega's, hij vond het vooral tactloos
om tijdens de dienst zijn materiële welvaart tentoon te spreiden

en zo de Spartaanse grenzen van de ambtenarij te overschrijden. Ministers, politici, filmacteurs konden rustig pronken met hun glimmende limousines, zij waren immers producten van de reclame. Een diensthoofd daarentegen had, naast alle geoorloofde élégance, de plicht een zekere karige behoeftigheid voor te wenden. Die ostentatief gespeelde behoeftigheid was misschien wel een van de meest onuitstaanbare vormen van menselijke hoogmoed. Hoe dikwijls had hij Amelie zo voorzichtig mogelijk aan het verstand proberen te brengen dat haar onuitputtelijke overvloed aan juwelen en kleren niet helemaal in overeenstemming was met zijn betrekking. Een vergeefse preek! Ze lachte hem uit. Dat was een van de conflicten in het leven die Leonidas zo vaak in de war brachten...

Nu ging hij met de tram. In de buurt van kasteel Schönbrunn stapte hij uit.

Een uur geleden was de regen afgenomen en nu was hij helemaal opgehouden. Het was echter niet meer dan de slepende pauze die een ziekte soms neemt, het donkere gat tussen twee aanvallen, wanneer men even geen pijn voelt. Deze dag van wolken hing nat en slap halfstok, en elk van de zonderling vertraagde minuten leek te vragen: zover zijn we, maar wat nu? In al zijn zenuwen voelde Leonidas de beslissende verandering die de wereld sedert vanmorgen ondergaan had. Maar de oorzaak van die verandering werd hem pas duidelijk toen hij zich door de brede, met platanen afgezoomde straat voortspoedde, langs de hoge muur van het slot. Onder zijn voeten veerde hoogst onaangenaam een dik en drassig tapijt van afgevallen loof. De plotseling verkleurde blaren van de platanen waren zo dik opgezwollen en maakten bij elke stap zo'n soppend geluid, dat men kon denken dat hier een wolkbreuk van padden was overgetrokken. De laatste uren was meer dan de helft van al het bladerloof van de bomen gewaaid, en de rest hing ook al slap aan de takken. De dag die, veel te jong, met een aprilmorgen begonnen was, was in een handomdraai omgeslagen en eindigde nu, veel te oud, met een novemberavond.

In de bloemenwinkel op de volgende straathoek aarzelde Leonidas ongepermitteerd lang tussen witte en bloedrode rozen. Uiteindelijk koos hij voor achttien helgele theerozen op lange stelen, waarvan de tere, ietwat bedwelmende geur hem aantrok. Toen hij zich in de hal van het hotel liet aanmelden bij doctor Wormser, schrok hij plotseling van dat verraderlijke getal, achttien, dat hij totaal onbewust genoemd had. Achttien jaar! Ook schoot hem de omineuze ruiker rozen te binnen die hij als lachwekkend verliefde jongeling voor de kleine Vera gekocht had, zonder evenwel de moed te vinden om haar de bloemen te geven. Nu kwam het hem voor dat het toen ook helgele theerozen geweest waren, met precies dezelfde geur, even zacht, even vol, het bouquet van een paradijselijke wijn die men nergens op aarde vindt.

'Mevrouw vraagt of u hier wil wachten, mijnheer,' zei de portier onderdanig en hij bracht de gast naar een salon op de gelijkvloerse verdieping. Van een salon in een hotel kan men niet anders verwachten, zei Leonidas berustend bij zichzelf, toen de schemerige ruimte en de inrichting ervan hem danig op de zenuwen begonnen te werken. Wat vreselijk om de liefde van je leven terug te zien in de wereldse intimiteit van deze openbare woonkamer. Elke bar zou beter geweest zijn, ja zelfs een bomvol lawaaierig café. Dat Vera wel degelijk de liefde van zijn leven geweest was, ervoer Leonidas nu als een onomstootbare, zij het op niets gebaseerde zekerheid.

De kamer was volgestouwd met allemaal gewichtige meubels. Ze rezen als norse vestingen uit een of andere verdwaalde voorstelling omhoog in de vage schemer. Deze meubels, waarin rondslenterende gelegenheidsgasten zich voor één of twee uurtjes nestelden, stonden daar als op een veiling die door de afslager in de steek is gelaten. Rijkelijke zitmeubels, Japanse kasten, kariatiden die een lamp droegen, een oosters komfoor, kisten met snijwerk, taboeretten, enzovoort. Tegen de muur stond een kuis bedekte vleugelpiano. Het pluche kleed, dat tot op de grond afhing, was zwart. Daardoor leek hij op een katafalk voor dode muziek. Op het lijkkleed stonden allerlei bronzen en marmeren voorwerpen, ook zij waren uitgestald als voor een verkoop: een dronken sileen die een schaaltje voor visitekaartjes in evenwicht hield, een lenige danseres zonder enig direct zichtbaar praktisch nut, een pronkerig inktstel, groot en waardig genoeg om dienst te doen bij de ondertekening van een vredesverdrag, en nog meer van dergelijke spullen die alle tot taak leken te hebben te beletten dat de dode of schijndode muziek zou ontsnappen. Leonidas begon te vermoeden dat deze piano uitgediend had en niet meer was dan een eerbiedwaardig sierstuk; een levend instrument zou immers door de hoteldirectie graag benut worden bij de dagelijkse thé dansant, waarvoor de toebereidselen nu goed hoorbaar getroffen werden.

De enige levende voorwerpen in dit vertrek waren de twee uitgeklapte speeltafels, waarop de bridgekaarten nog open lagen, een beeld van gezellige verstrooiing en rimpelloze zielenrust dat steeds weer zijn jaloerse blik aantrok. Leonidas was vanzelfsprekend een kampioen in het kaartspel...

Hij liep de hele tijd heen en weer, waarbij hij zich een kron-
kelweg moest banen door het hoekige voorgebergte van meubels en tafels. Nog altijd hield hij de in zijdepapier verpakte
rozen in de hand, hoewel hij besefte dat de gevoelige bloemen door zijn lichaamswarmte al begonnen te verslappen. Hij
miste echter de wilskracht om ze weg te leggen. Ook al omdat
de zwakke geur, die hem overal volgde, hem goed deed. Tijdens zijn gelijkmatige gang door het salon stelde hij vast: Mijn
hart bonst. Ik kan me niet herinneren wanneer mijn hart nog
zo voelbaar gebonsd heeft. Dit wachten windt me op. – En
voorts bedacht hij: Ik heb niet één gedachte in mijn hoofd.
Dit wachten slorpt me helemaal op. Ik weet niet hoe ik van
wal zal steken. Ik weet zelfs niet hoe ik Vera moet aanspreken.
– En tenslotte: Ze laat me wel heel erg lang wachten. Het is nu
al minstens twintig minuten dat ik loop te ijsberen door dit
afschuwelijke salon. Maar ik mag vooral niet op mijn horloge
kijken, ik wil immers niet weten hoe lang ik al wacht. Het is
natuurlijk Vera's goede recht om me te laten wachten zo lang
als het haar belieft. Een lichte straf voorwaar! Ik mag er niet
aan denken hoe zij indertijd op mij gewacht heeft daar in Heidelberg, weken, maanden, jaren…

Hij bleef heen en weer lopen. In de hal begon het gestamp
van de dansmuziek. Leonidas kromp ineen: ook dat nog! Het
was misschien nog het beste als ze helemaal niet kwam. Dan
zou ik hier rustig een vol uur wachten, twee zelfs, en dan weggaan, zonder een woord te zeggen. Dan had ik mijn plicht gedaan en hoefde ik mezelf geen verwijten meer te maken. Laten
we hopen dat ze niet komt. Voor haar moet het toch ook geen
pleziertje zijn om mij terug te zien. Ik voel me als voor een
zwaar examen of zelfs een operatie… Zo, nu moet er zeker een

halfuur voorbij zijn. Ik veronderstel dat ze het hotel verlaten heeft om me niet hoeven te ontmoeten. Nu, ik wacht tot mijn uur om is. Die jazzdreun is trouwens niet zo storend. En hij lijkt de tijd te versnellen. Het begint zelfs al te donkeren...

De derde dans was volop bezig, toen onverwacht de kleine, elegante dame in het salon verscheen.

'Ik heb u moeten laten wachten,' zei Vera Wormser, zonder die zin met een excuus te motiveren, en reikte hem de hand. Leonidas kuste de fijne hand in de zwarte handschoen, glimlachte even – energiek en spottend – en begon op en neer te deinen op de toppen van zijn tenen.

'Kom, kom,' zei hij door zijn neus, 'dat maakt toch niets uit... Ik heb me vandaag speciaal...' En hij voegde er een beetje weifelend aan toe: 'Mevrouw.'

Hij gaf haar de bloemen zonder ze eerst uit het papier te wikkelen. Met beheerste gebaren pakte ze de rozen uit. Ze deed het heel aandachtig en nam er de tijd voor. Daarna ging ze in die vreemde, lelijke kamer op zoek naar een vaas en vond meteen iets. Op een van de kaarttafels stond een kruik met water, voorzichtig vulde ze de vaas en schikte er een voor een de rozen in. Het geel vlamde op in het halfdonker. De vrouw zei niets. Het werkje scheen haar helemaal in beslag te nemen. Haar bewegingen straalden een grote inwendige concentratie uit, zoals men dat gewoonlijk kan waarnemen bij bijzienden. Ze droeg de vaas met de zacht geurende rozen naar een zithoek bij het raam, zette ze op een rond tafeltje en ging, met de rug naar het licht toe, in een hoek van de sofa zitten. De kamer was anders geworden. Leonidas ging nu ook zitten, nadat hij daarvoor eerst met de vrij ridicule buiging van een corpsstudent om toestemming had gevraagd. Daarbij werd hij nogal ongelukkig verblind door het witte nevelachtige licht van de late dag dat door het raam naar binnen viel.

'Mevrouw had gevraagd...,' zo begon hij op een toon waar hij van walgde, '... ik heb vanmorgen pas uw brief ontvangen en ben terstond... ik heb terstond... vanzelfsprekend sta ik volledig tot uw beschikking...'

Er ging een hele tijd voorbij eer er een antwoord kwam uit de hoek van de sofa. De stem was nog altijd even klaar, nog altijd kinderlijk, en ook die afwijzende klank leek er nog altijd in te zitten:

'U had niet persoonlijk al die moeite hoeven te nemen, mijnheer,' zei Vera Wormser, 'dat verwachtte ik helemaal niet. Een telefoontje had al volstaan.'

Leonidas maakte een deels sussende, deels ontstelde beweging met zijn hand, als wilde hij zeggen dat zijn plicht hem desnoods gebood om voor mevrouw heel wat grotere afstanden af te leggen dan die van het onderwijsministerie aan het Minderbroederplein naar het Parkhotel in Hietzing. Hiermee was de zeker niet erg levendige conversatie bij een pauze beland, en ook Vera's gezicht had een eerste halte bereikt.

De zaak zat zo. Niet alleen de herinnering aan de geliefde was al jaren vertroebeld in Leonidas, erger nog, in schemerige ruimten en vooral op momenten van innerlijke opwinding slaagden zijn astigmatische ogen er in het begin slechts in om het waargenomene in onscherpe, troebele vlakken weer te geven. Zo had Vera tot nu geen gezicht gehad, ze was slechts een elegante gestalte in grijze reiskledij, waartegen een lila zijden blouse en een halssnoer uit goudbruine amberkralen licht afstaken. Hoe sierlijk en meisjesachtig haar gestalte ook was, het bleef bij dat meisjesachtige; die gestalte hoorde bij een tengere vrouw van onbestemde leeftijd, in wie Leonidas zijn geliefde uit Heidelberg niet herkend had. Nu pas begon Vera's gezicht door te dringen in dat lege, klare vlak, en wel alsof het uit een of andere verte kwam. Het leek alsof iemand zonder veel kennis van zaken aan een veldkijker draaide om een afgelegen doel scherp dichterbij te halen. Ja, zo zou je het kunnen omschrijven. Eerst verscheen het haar in de nog troebele lens, het nachtzwarte haar, glad gekamd en met een scheiding in het midden. (Waren dat nu grijze draden en lokken die erdoorheen liepen, als men zijn blik lang genoeg liet rusten?) Vervolgens braken de ogen door, met hun korenbloemenblauw en de lange wimpers die, net zoals vroeger, de ogen in de schaduw lieten. Ernstig, vorsend en verbaasd bleven ze op Leonidas gericht. De vrij grote mond had een strenge uitdrukking, zoals men die vaak ziet bij vrouwen die al geruime tijd een intellectueel beroep uitoefenen en wier geschoolde denken nog zelden doorkruist wordt door wilde fantasieën. Wat een contrast met de pruilende volheid van Amelies lippen. Het viel Leonidas plotseling op dat Vera zich niet mooi gemaakt had voor hem. Ze had hem lang laten wachten, maar ze had die tijd duidelijk niet benut om zich op te tutten. Haar wenkbrauwen waren niet geëpileerd en bijgetekend (o, Amelie), haar oogleden niet met een blauw potlood bijgekleurd, haar wangen niet geschminkt. Hoogstens was haar mond eventjes met een lippenstift in aanraking gekomen. Wat had ze dan gedaan tijdens dat uur dat ze hem had laten wachten? Waarschijnlijk, zo dacht hij, heeft ze gewoon uit het venster zitten staren...

Zo, Vera's gezicht was nu weer zichtbaar, en toch herkende

Leonidas het wijkende beeld nog steeds niet. Dit gezicht leek slechts op een niet al te getrouwe reproductie, op een vertaling van het verloren gelaat in de vreemde taal van een andere werkelijkheid. Vera bleef zwijgen, rustig en hardnekkig. Hij echter, die allesbehalve rustig was, spande zich in om bij het hervatten van de conversatie datgene te vinden wat hij 'de gepaste toon' placht te noemen. Hij vond hem niet. Welke toon paste immers bij een ontmoeting als deze? Met ontzetting hoorde hij hoe hij met zijn neusstem het gesprek weer op gang bracht, een hoogst onnatuurlijke nabootsing van een potsierlijke grand-seigneur, die zich met impertinente kordaatheid voordoet alsof hij de hachelijkste toestand aankan:

'Ik hoop dat mevrouw wat langer in ons midden blijft...'

Na die woorden keek Vera hem nog een tikje verbaasder aan. Ze kan niet begrijpen dat ze zich ooit heeft laten strikken door zo'n verachtelijk iemand als ik. Haar aanwezigheid heeft altijd al mijn zwakheden aan het licht gebracht. Zijn handen werden koud van onbehagen. Ze antwoordde:

'Ik blijf hier maar twee of drie dagen meer, tot ik al mijn zaken afgehandeld heb.'

'Ach zo,' zei hij, en zijn stem klonk bijna geschrokken, 'en dan keert mevrouw terug naar Duitsland...'

Hij kon niet beletten, dat in de toonval van zijn vraag ook iets van opluchting doorklonk. Hij zag nu voor het eerst dat het blanke, ivoren voorhoofd van deze vrouw vol strakke rimpels zat.

'Toch niet, mijnheer,' repliceerde ze, 'ik keer niet terug naar Duitsland.'

Iets in hem herkende nu haar stem, de snibbige, onverbiddelijke stem van de vijftienjarige Vera, aan tafel in haar vaders huis. Hij maakte een verontschuldigend gebaar, als was hem een onvergeeflijke blunder ontglipt:

'Pardon, mevrouw, ik begrijp het. Het moet deze dagen niet bijzonder aangenaam zijn om in Duitsland te wonen...'

'Waarom? Voor de meeste Duitsers is het er zeer aangenaam wonen,' stelde ze koeltjes vast, 'alleen voor mensen als ons niet...'

Leonidas gooide het over de patriottische boeg:

'Dan zou mevrouw toch eens moeten overwegen om naar de oude heimat te verhuizen. Er begint heel wat in beweging te komen bij ons...'

De dame leek echter een andere mening toegedaan. Ze sloeg het voorstel af:

'Neen, mijnheer. Ik ben hier weliswaar nog maar sinds kort en wil me dus geen oordeel aanmatigen. Maar ik vind dat mensen als wij eindelijk ook eens vrije en zuivere lucht mogen inademen...'

Daar stak de oude hoogmoed van die lui weer de kop op, hun onuitstaanbare arrogantie. Zelfs als je ze in de kelder opgesloten hebt, dan denken ze nog dat ze vanop de zevende verdieping op ons kunnen neerkijken. Werkelijk niemand is tegen die mensen opgewassen, behalve dan de primitieve barbaren, die niet met hen discussiëren, maar hen zonder veel complimenten neerknuppelen. Vandaag nog moet ik Spittelberger opzoeken en hem Abraham Bloch offeren. 'Vrije en zuivere lucht.' Ze is ronduit ondankbaar. Leonidas ervoer deze gevoelens van afkeuring en ergernis als een weldaad, iets wat hem ietwat verlichtte.

Ondertussen echter had het gelaat van de dame in de sofa een nieuwe halte bereikt, en wel het eindstation. Het was nu geen reproductie of vertaling meer, maar het origineel zelf, zij het wat scherper en donkerder. En kijk, het bezat nog altijd die harde glans van zuiverheid en ongewoonheid die indertijd de arme huisleraar en wat later de jonge echtgenoot het hoofd op hol hadden gebracht. Haar zuiverheid? Geen enkele gedachte achter dit blanke voorhoofd, dat voelde men, was niet in overeenstemming met het hele wezen van deze vrouw. Ze kwam nog standvastiger en onthechter over dan weleer. Haar ongewoonheid? Wie kon die omschrijven? Haar ongewoonheid was nog ongewoner geworden, zij het minder lieflijk.

De dansmuziek begon weer. Leonidas moest zelfs zijn stem verheffen. Een zonderlinge dwang vormde zijn woorden. Ze klonken droog en aanstellerig, genoeg om iemand uit zijn vel te doen springen:

'En waarheen wil mevrouw haar domicilie dan verplaatsen?'

Het leek alsof Vera herademde toen ze antwoordde: 'Overmorgen ben ik in Parijs, en vrijdag verlaat mijn schip Le Havre...'

'Mevrouw reist dus naar New York,' zei Leonidas zonder vraagteken, en knikte goedkeurend, ja zelfs lovend. Ze glimlachte zwakjes, als amuseerde het haar dat ze hem eens te meer kon tegenspreken. Tot nog toe had ze immers bijna elk antwoord met 'neen' moeten beginnen.

'O neen! New York? God beware me! Dat is niet zo simpel hoor. Zo'n hoge aspiraties heb ik niet. Ik ga naar Montevideo...'

'Montevideo,' glunderde Leonidas nu op een onnozele toon, 'dat is ontzettend ver...'

'Ver waarvandaan?' vroeg Vera rustig. Daarmee citeerde ze

de melancholisch schertsende vraag van alle ballingen die hun geografische ankerpunt verloren hadden.

'Ik ben een verstokte Wiener,' bekende Leonidas, 'wat zeg ik, een verstokte Hietzinger. Voor mij zou het al een zware beslissing zijn om naar een andere wijk te verhuizen. Een leven op de evenaar? Ik zou er doodongelukkig zijn, alle kolibries en orchideeën ten spijt...'

Het vrouwengezicht in het halfdonker werd nog een graad ernstiger:

'Ik ben heel blij dat men mij in Montevideo een leerstoel aangeboden heeft. In een of ander groot college. Er zijn er heel wat die mij benijden. Mensen als wij mogen al heel tevreden zijn als ze ergens een toevlucht en werk vinden. Maar dat zal u waarschijnlijk allemaal niet erg interesseren...'

'Niet interesseren,' viel hij haar verontwaardigd in de rede, 'niets op de hele wereld interesseert me meer.' En hij voegde er zachtjes aan toe: 'Ik kan niet zeggen hoezeer ik u bewonder...'

Dat is geen leugen deze keer. Ik bewonder haar oprecht. Ze bezit de bewondering afdwingende levensmoed van haar ras, en de afschuwelijke onafhankelijkheid ook. Wat zou er van mij geworden zijn aan haar zijde? Iets zou er wel van me geworden zijn, iemand anders in elk geval dan het diensthoofd op de rand van zijn pensioen. Maar hadden we elkaar dan wel ooit echt kunnen verdragen? Geen uur lang waarschijnlijk. – Zijn verwarring werd alsmaar groter. Plotseling schoof een andere kamer zich zeer helder in dit salon, de kamer die ze bewoond hadden in Bingen-am-Rhein. – Alles staat precies op zijn plaats, op mijn woord, ik zie zelfs de ouderwetse tegelkachel. – Het was alsof de ogen van zijn herinnering plotseling opengingen.

'Wat is er dan zo te bewonderen?' had Vera nogal kregelig gevraagd.

'Ik bedoel dat u hier toch alles achterlaat, de Oude Wereld, waar u geboren bent en waar u uw hele leven hebt doorgebracht.'

'Ik laat helemaal niets achter,' antwoordde ze droog, 'ik sta alleen, ik ben gelukkig niet getrouwd.'

Was dat een nieuw drukkend gewicht op de weegschaal? Neen! Leonidas ervoer dit 'Ik ben niet getrouwd' als een kleine overwinning, die zijn bloed op een aangename manier sneller deed stromen. Hij leunde ver achterover. Langer mocht het gesprek niet duren. De woorden kwamen licht haperend over zijn lippen:

'Ik dacht dat u de zorg had voor een jongeman... Dat heb ik tenminste uit uw brief begrepen.'

Vera Wormser werd plotseling veel levendiger. Ze veranderde haar houding. Ze boog voorover. Het leek hem alsof haar stem bloosde:

'Indien u me daarbij zou kunnen helpen, mijnheer...'

Leonidas zweeg geruime tijd alvorens het, zonder enige tussenkomst van zijn bewustzijn, warm en diep uit hem opwelde:

'Maar Vera, dat spreekt toch vanzelf...'

'Niets spreekt vanzelf op deze wereld,' zei ze, en ze begon haar handschoenen uit te trekken.

Dat leek op een voorzichtige tegemoetkoming, een poging om haar goede wil te tonen en met een groter stuk van zichzelf aanwezig te zijn. En nu zag Leonidas de kleine, al te tere handen van haar die eens vol vertrouwen hand in hand met hem gelopen had. De huid had iets geligs en de aders waren goed zichtbaar. Aan geen enkele vinger een ring. De stem van de man trilde:

'En toch spreekt het meer dan vanzelf, Vera, dat ik uw wens vervul en dat ik de jongeman in het beste gymnasium onderbreng, bij de Schotten, als dat goed is voor u, het semester is pas begonnen, hij kan overmorgen zijn plaatsje al innemen in de abituriëntenklas, ik zal me ervoor inzetten, ik zal voor hem zorgen zo goed als ik maar kan.'

Haar gezicht kwam nog dichterbij. Haar ogen schitterden:

'Zou u dat werkelijk willen doen? Ach, dan valt het me nog veel makkelijker om Europa te verlaten.'

Zijn gezicht, dat anders zo goed geordend was, was nu helemaal uiteengevallen. Hij had smekende hondenogen.

'Waarom doet u me dit aan, Vera? Ziet u niet, hoe ik eraan toe ben?'

Hij schoof zijn hand in de richting van de hare, die op tafel lag, maar durfde ze niet aan te raken.

'Wanneer zult u de jongen naar mij sturen? Vertel toch iets meer over hem! Wat is zijn voornaam?'

Vera keek hem met grote ogen aan.

'Hij heet Emanuel,' zei ze aarzelend.

'Emanuel? Emanuel? Heette uw vader zaliger ook niet Emanuel? Het is een mooie naam, helemaal niet alledaags. Ik verwacht Emanuel morgen om halfelf bij mij, dat wil zeggen op het ministerie natuurlijk. Het zal niet zonder problemen verlopen. Het zal zelfs voor zeer zware conflicten zorgen. Maar ik ben bereid om die erbij te nemen, Vera. Ik ben tot zeer verregaande beslissingen bereid.'

Plotseling leek ze opnieuw koeler te worden en afstand te nemen.

'Ja, ik weet het,' zei ze, 'men heeft me al verteld over de

moeilijkheden in het Wenen van vandaag, obstakels waartegen zelfs een hoge protectie vaak niet veel vermag...'

Leonidas had dit maar half gehoord. Zijn vingers waren krampachtig verstrengeld:

'Denk niet aan die moeilijkheden! U hebt weliswaar geen enkele reden om me op mijn woord te geloven, maar toch geef ik het u: ik zal die zaak in orde brengen.'

'Het ligt helemaal in uw handen, mijnheer.'

Leonidas liet zijn stem zakken, als trachtte hij een geheim te weten te komen:

'Vertel nu toch, vertel me over Emanuel, Vera. Hij is erg begaafd. Ja, dat kan bijna niet anders. Maar wat is zijn sterkste punt?'

'De natuurwetenschappen volgens mij.'

'Had ik het niet gedacht. Uw vader was immers ook een groot natuurwetenschapper. En hoe is Emanuel voor de rest, zijn uiterlijk bijvoorbeeld, hoe ziet hij eruit?'

'Hij ziet er niet zo uit,' antwoordde juffrouw Wormser nogal scherp, 'dat hij uw protectie schande zal aandoen, zoals u waarschijnlijk vreest...'

Leonidas keek haar niet begrijpend aan. Hij drukte zijn vuist tegen zijn maagholte, als kon hij zo zijn emoties bedwingen:

'Ik hoop dat hij op u lijkt, Vera.'

De woorden kwamen stotend uit zijn mond. Er verscheen een pretje op haar gezicht alsof haar een licht opging. Toch wilde ze volledige zekerheid hebben:

'Waarom moet Emanuel nu net op mij lijken?'

Leonidas was zo aangedaan dat hij fluisterde:

'Ik ben er altijd van overtuigd geweest dat hij als twee druppels water op u zou lijken.'

Na een lange pauze, waarin ze duidelijk genoot, zei Vera eindelijk:

'Emanuel is de zoon van mijn beste vriendin...'

'De zoon van uw beste vriendin,' stotterde Leonidas, nog vóór hij het helemaal begreep. In de danszaal zette het orkest een zwierende rumba in, veel te luid. Een beangstigende hardheid nam nu bezit van Vera's gelaatstrekken.

'Mijn vriendin,' zei ze, en men kon merken dat ze moeite moest doen om haar kalmte te bewaren, 'mijn beste vriendin is een maand geleden gestorven. Ze heeft haar man, een zeer vooraanstaand fysicus, slechts negen maanden overleefd. Hij werd doodgemarteld. Emanuel is hun enige kind. Hij werd mij toevertrouwd.'

Leonidas doorbrak het korte zwijgen.

'Maar dat is afgrijselijk, ronduit afgrijselijk.'

Hij voelde echter geen zweem van dat afgrijzen. Veel meer werd hij in beslag genomen door zijn verbijstering, door het doorbrekende inzicht en tenslotte door een onbeschrijfelijk gevoel van opluchting: 'Ik heb geen kind met Vera. Ik heb geen zeventienjarige zoon die ik voor Amelie en voor God moet verantwoorden. Ik mag de lieve hemel wel danken! Alles blijft bij het oude. Al die angst en al dat lijden van vandaag, enkel omdat ik overal spoken zie. Ik heb na achttien jaar een in de steek gelaten geliefde weer ontmoet, meer niet! Een moeilijke situatie, half pijnlijk, half melancholisch. Maar om van een schuld te spreken waarvoor geen boete zou bestaan, dat is toch wat overdreven, Edelachtbare! Onder mannen, ik ben geen Don Juan, Vera is de enige affaire in mijn overigens onberispelijke leven. Wie werpt de eerste steen? Vera zelf denkt er al lang niet meer aan, die moderne, zelfstandige, radicaal vrijzinnige vrouw, die midden in het drukke leven staat en maar wat blij is dat ik haar indertijd niet heb laten overkomen.'

'Afgrijselijk wat er allemaal gebeurt,' zei hij nogmaals, maar het klonk bijna als een jubelkreet. Hij sprong op, boog zich over Vera's hand en drukte er met brandende lippen een lange kus op. De hol klinkende welsprekendheid nam ineens bezit van hem:

'Ik wil hier een heilige belofte doen, Vera, de zoon van uw arme vriendin zal door mij behandeld worden als was hij uw zoon, ja, als mijn eigen zoon. U hoeft mij daarvoor niet te bedanken. Ik moet u bedanken. U hebt me het meest edelmoedige geschenk gegeven...'

Vera had hem helemaal niet bedankt. Ze had zelfs geen woord gezegd. Ze stond daar als iemand die afscheid neemt, als om te beletten dat het gesprek een heilige grens zou overschrijden. Het was nu echt donker geworden in het volgepropte salon. De gedrochtelijke meubelen vervaagden tot een vormloze massa. De onechte schemering van deze regenachtige oktober-dag was gevolgd door de echte schemering van de avond. Alleen de theerozen gaven nog immer een gestadige glans af. Leonidas voelde dat het het veiligst was om er nu een einde aan te maken. Alles wat gezegd kon worden, was gezegd. Elke verdere stap zou hem onvermijdelijk op moreel glad ijs brengen. Vera's stroeve en afstandelijke houding liet niet de minste sentimentele toespeling toe. De simpele tact gebood dat hij zich onverwijld zou losmaken en weggaan zonder één geladen woord. Als deze vrouw een hele episode uit haar leven doorgestreept had, waarom zou hij die episode dan zelf oprakelen? Hij moest er integendeel blij om zijn dat de gevreesde confrontatie zo vlot verlopen was, en nu moest hij zonder talmen voor een waardig einde zorgen.

Maar al deze waarschuwingen aan zijn eigen adres waren tevergeefs. Daarvoor was hij veel te geëmotioneerd. Een immens conflict was van hem afgevallen en dat geluk doorstroomde hem als een genezing, een verjonging. Hij zag nu niet langer de kleine, elegante dame van zijn gewetenskwelling, of de herrezen belichaming van een oude schuld, neen, hij zag een Vera vol tegenwoordigheid voor zich, een Vera die hij niet meer vreesde. Nu de dwang om zijn leven te veranderen geweken was, begon dat speelse superioriteitsgevoel dat hij vanmorgen verloren had, weer te tintelen in zijn aderen. En daarmee samen een kortademige, dwaze vertedering voor dit vrouwtje, dat als een geest uit het niets was komen opduiken, om voor eeuwig uit zijn schuldbesef te verdwijnen, waardig, nobel, en zonder de minste aanspraak. Hij nam haar gewichtloze handen en drukte ze tegen zijn borst. Het scheen hem toe alsof hij de draad van zijn leven daar weer opnam waar hij hem achttien jaar geleden zo schandelijk afgebroken had.

'Vera, liefste, liefste Vera,' zuchtte hij, 'ik sta hier met een zeer slecht geweten voor u. Er zijn geen woorden die dat kunnen weergeven. Hebt u mij vergeven? Kon u mij vergeven? Kan u mij vergeven?'

Vera keek opzij, waarbij ze haar hoofd nauwelijks merkbaar afwendde. Hoe sneed dat kleine afwijzende gebaar door zijn ziel! Onbegrijpelijk, niets was verloren. Alles gebeurde in een raadselachtige gelijktijdigheid. Haar profiel was een openbaring voor hem. De dochter van dokter Wormser, het meisje van Heidelberg, hier stond ze in levenden lijve voor hem, niet langer verbleekt door zijn herinneringen. En die grijze lok, de berustende mond, de rimpels in het voorhoofd, dat alles verhoogde zijn vluchtige vervoering op een bitterzoete manier.

'Vergeven,' zo hervatte Vera het gesprek, 'dat is een hol, hoogdravend woord. Ik hoor het niet graag. De dingen die men betreurt, kan men toch enkel zichzelf vergeven.'

'Ja, Vera, dat is zeer juist. Als ik u hoor spreken, dan weet ik weer wat voor een bijzonder iemand u bent. U hebt er goed aan gedaan niet te trouwen. De geïncarneerde integriteit is te goed voor het huwelijk. Iedere man zou naast u tot een leugenaar verworden, niet alleen ik.'

Leonidas voelde in zich het genot van mannelijke onweerstaanbaarheid. Bijna vond hij het lef om Vera tegen zich aan te trekken. Hij gaf er echter de voorkeur aan te klagen:

'Ik heb mezelf nooit vergeven, en ik zal mezelf ook nooit vergeven, nooit of nooit...'

Maar nog vóór hij zijn zin had afgemaakt, had hij zichzelf al vergeven en de schuld eens en voor altijd doorgehaald op het bord van zijn geweten. Daarom ook klonk zijn mededeling zo vrolijk. Juffrouw Wormser bevrijdde voorzichtig haar handen. Ze nam haar tas en handschoenen van de tafel.

'Nu moet ik gaan,' zei ze.

'Blijf nog even, Vera,' smeekte hij, 'hierna zien we elkaar immers nooit meer. Gun me vooral een goed afscheid, zodat ik aan u kan terugdenken als iemand die volledige gratie verkregen heeft.'

Ze keek nog altijd opzij, maar ze knoopte haar handschoenen niet verder dicht. Hij ging op de armleuning van een fauteuil zitten, zodat hij zijn gezicht moest oprichten naar het hare en er dichter bij kwam dan hij al geweest was:

'Weet u, liefste, liefste Vera, dat er in die achttien jaar geen dag voorbij is gegaan waarop ik niet in stilte geleden heb, om mezelf en om u.'

Die bekentenis had niets meer met waarheid of onwaarheid te maken. Het was gewoon de meeslepende melodie van de opluchting en van de zoete weemoed, de twee gevoelens die in hem door elkaar liepen zonder elkaar te doorkruisen. Hoewel hij vlak bij haar gezicht was, merkte hij niet hoe bleek en moe Vera er plotseling uitzag. Haar handschoenen waren nu toch dichtgeknoopt. Ze hield haar tasje al onder de arm.

'Zouden we er niet beter aan doen,' zei ze, 'nu uit elkaar te gaan?'

Leonidas liet zich echter niet onderbreken:

'Weet u wel, liefste, dat ik me vandaag de hele dag, uur na uur, met u bezig heb gehouden. Sinds vanmorgen heb ik aan niets anders gedacht. En weet u dat ik tot voor enkele minuten er vast van overtuigd was dat Emanuel onze zoon was, van u en mij? En weet u tenslotte, dat ik omwille van die Emanuel op het punt stond om met pensioen te gaan, te scheiden van mijn vrouw, ons prachtige huis te verlaten, en, nu het nog net kon, een nieuw leven vol ontberingen te beginnen?'

In het antwoord van de vrouw klonk voor het eerst de oude vertrouwde spot door, al leek hij deze keer van ergens op de rand van een diepe uitputting te komen:

'Gelukkig stond u nog maar op het punt om al die dingen te doen, mijnheer...'

Leonidas kon zich nu niet langer bedwingen. Gretig zocht zijn biecht zich een weg naar buiten:

'Achttien jaar al, Vera, sedert het moment waarop ik u voor het laatst een hand gegeven heb door het raampje van mijn coupé, was ik er onveranderlijk van overtuigd dat er iets gebeurd was, dat u en ik samen een kind hadden. Dikwijls was die overtuiging rotsvast, dan weer was ze een hele tijd zwakker, soms zelfs was het niet meer dan een vuur dat smeult onder de as. Die overtuiging echter bleef me onscheidbaar aan u binden, zoals u wel kan vermoeden. Door mijn trouweloze lafheid bleef ik met u verbonden, al heeft diezelfde lafheid me belet om u te zoeken. Vera, u hebt ongetwijfeld al jaren niet meer aan me gedacht. Ik echter heb bijna dagelijks aan u gedacht, zij het angstig en met knagend geweten. Mijn trouweloosheid was hét grote verdriet in mijn leven. Ik heb in een bijzondere gemeenschap met u geleefd, eindelijk kan ik het bekennen. Weet u, dat ik vanmorgen uw brief bijna ongelezen verscheurd had, uit lafheid eens te meer, zoals ik indertijd in Sankt Gilgen uw brief ongelezen verscheurd heb.'

Het laatste woord was er nog maar net uit, of Leonidas verstarde al. Zonder het te willen had hij zijn ziel helemaal blootgelegd, tot op de bodem. Een plotseling gevoel van schaamte streek hem als een borstel in de nek. Waarom was hij niet tijdig weggegaan? Welke duivel had hem tot deze biecht aangezet? Zijn blik was nu naar het venster gericht, waarachter de lampen opgloeiden. Het was weer aan het motregenen. De muggendans van de fijne regendruppeltjes draaide rond in de lichtcirkels. Juffrouw Vera Wormser stond daar volledig onbeweeglijk. Het was nu helemaal donker. Haar gezicht was nog slechts een vale schijn. Leonidas, die van haar afgewend stond, vond dat haar vage gestalte iets van een priesteres had. Haar stem, die van bij de aanvang zakelijk en koel was, leek nu van nog verder te komen:

'Dat was bijzonder handig van u,' zei ze, 'dat u mijn brief toen niet gelezen hebt. Ik had hem eigenlijk niet mogen schrijven. Maar ik voelde me zo alleen en hulpeloos na de dood van mijn kind...'

Leonidas keerde zijn hoofd niet naar haar toe. Zijn lichaam was plotseling van hout. Het woord 'meningitis' kwam in hem op. Ja, precies in dat jaar had de epidemie in de streek van Salzburg talloze kinderen weggerukt, en die feiten hadden zich, hij wist zelf niet waarom, in zijn geheugen geprent. Hoewel hij van hout was, begonnen zijn ogen te wenen. Hij voelde echter geen verdriet, wel een totaal onbekende verlegenheid, en nog iets onverklaarbaars dat hem dwong een stap dichter bij het raam te gaan staan, waardoor de heldere stem zich nog verder verwijderde.

'Het was een kleine jongen van tweeënhalf,' zei Vera. 'Hij heette Jozef, zoals mijn vader. Het spijt me, dat ik over hem gesproken heb. Ik had me nog zo vast voorgenomen niet over hem te spreken, niet met u! U hebt immers het recht niet...'

De mens van hout staarde door het raam. Hij meende niets gewaar te worden, behalve het holle wegtikken van de seconden. Hij kon diep in de aarde van het dorpskerkhof van Sankt Gilgen kijken. Eenzame, drukkende herfst in de bergen. Daar lag, verstrooid in de zwarte, natte modder, een stuk van zijn eigen gebeente. Tot aan het laatste oordeel. Hij wilde tenminste iets zeggen. Bijvoorbeeld: 'Vera, alleen van u heb ik gehouden!' Of: 'Zullen we het nog eens samen proberen?' Maar dat zou allemaal zo belachelijk klinken, zo stompzinnig en leugenachtig. Dus zei hij maar niets. Zijn ogen brandden. En toen hij zich, een hele tijd later, omdraaide, was Vera al weg. Niets was er in de donkere kamer van haar achtergebleven. Alleen de achttien geurige theerozen die op de tafel stonden, hadden nog iets van haar glans weten vast te houden. Hun geur, die nog versterkt werd door het duister, zweefde in trage bedwelmende golven door de kamer, heviger nog dan daarstraks. Het deed Leonidas pijn dat Vera zijn rozen vergeten of zelfs afgewezen had. Hij nam de vaas van de tafel om ze naar de receptionist te brengen. Bij de deur van het salon bedacht hij zich echter en zette het doodsboeket terug in de volslagen duisternis.

HOOFDSTUK VII

Tijdens de slaap

Leonidas staat in de operaloge achter Amelie. Hij buigt zich over haar haar, dat, dankzij de langdurige marteling onder de onduleerkap bij de kapper, nu om haar hoofd zweeft als een onstoffelijke wolk, als een diepgouden nevel. Haar prachtige rug en onberispelijk gave armen zijn bloot. Haar zeegroene, zacht fluwelen japon, die ze vandaag voor het eerst draagt, wordt slechts door smalle schouderbandjes opgehouden. Het is een peperduur Parijs model. Amelie is daardoor in een feestelijke stemming. Haar gevoel van eigenwaarde is zo groot, dat ze ervan uitgaat dat Leonidas bij het aanschouwen van haar stralende verschijning minstens even feestelijk gestemd is. Ze laat haar blik even langs hem glijden en ziet een elegante man die boven zijn hagelwitte rokoverhemd een verfomfaaid en grauw gezicht vertoont. Een vluchtige zweem van schrik overvalt haar. Wat is er gebeurd? Is de eeuwig jonge danser tussen lunch en opera gemetamorfoseerd in een voorname heer op leeftijd, wiens knipperende ogen en afhangende mondhoeken de moeheid van de levensavond maar met moeite kunnen verbergen?

'Heb je weer zitten zwoegen vandaag, arme jongen?' vraagt Amelie, en ze is al elders met haar gedachten. Leonidas werkt hard aan zijn energieke, spottende glimlach, maar het lukt hem niet helemaal:

'Het is de moeite niet waard om erover te spreken, lieve schat. Eén enkele vergadering en een namiddagje luieren.'

Ze raakt hem liefkozend aan met haar marmerwitte rug.

'Heeft mijn idiote geraaskal je van streek gebracht? Is het mijn schuld? Je hebt gelijk, León: alle misère komt van dat vasten voort. Maar wat moet ik doen, nu ik binnenkort negenendertig word, als ik niet met een pracht van een dubbele kin, een mollig achterwerk en benen als pianopoten door het leven wil waggelen? Jij zou ervoor bedanken, jij met je manie voor al wat mooi is! Nu al kan ik veel spulletjes niet meer dragen zonder ze hier en daar aan te passen, maar vertel het niet verder. Ik heb niet het geluk zo'n magere ledenpop te zijn als jouw Anita Hojos. Hoe onrechtvaardig zijn mannen toch! Als je je wat meer met mij had beziggehouden, geestelijk bedoel ik, dan was ik niet zo'n ongetemde canaille gebleven, dan was ik ook een tactvol, fijngevoelig en verrukkelijk discreet iemand geworden, zoals jij...'

Leonidas wuift haar opmerking weg:

'Maak je maar geen zorgen. Een goede biechtvader vergeeft graag de zonden van zijn biechteling.'

'Dat wil ik dan ook weer niet, dat je mijn huwelijkskwellingen zo snel vergeet,' pruilt ze, maar dan draait ze zich al om en brengt de toneelkijker voor haar ogen:

'Wat is de zaal prachtig gevuld vandaag!'

En gelijk heeft ze. Iedereen die naam of rang heeft, zit hier vanavond bij elkaar in dit operahuis. Men verwacht een hoog-waardigheidsbekleder uit het buitenland. En nóg vanavond neemt een gevierde zangeres afscheid van haar publiek, vóór ze naar Amerika vertrekt. Amelie gooit onvermoeibaar het visnet van haar groetende glimlach uit en haalt het even onvermoei-baar weer binnen, terwijl het druipt van de glimmende tegen-groeten. Zoals Helena op de tinnen van Troje, zo somt ze de namen op van de hier verzamelde vooraanstaande persoonlijkheden, een opwindende doorlichting van de Weense society:

'De Chvieticky's in hun loge op de parterre, de prinses heeft ons al twee keer gegroet, waarom groet je niet terug, León? Daarnaast de Bösenbauers, we hebben ons erg slecht gedragen tegenover die lui, we moeten ze deze maand nog uitnodigen, een bridgepartijtje *en petit comité*, wees asjeblieft eens extra beminnelijk, León. Nu kijkt ook de Engelse gezant al in onze richting, dat mag je niet zomaar negeren, León. En in de regeringsloge zit de kolos al, de onmogelijke mevrouw Spittelberger, en ik geloof dat ze een wollen jumper aanheeft, wat zou jij ervan zeggen als ik er zo uitzag, daar zou je zeker niet mee akkoord gaan, je mag dus wel respect opbrengen voor mijn verborgen heldenmoed. De Torre-Fortezza's wuiven ook al, wat ziet de jonge vorstin er stralend uit, en dan te bedenken dat ze precies drie jaar ouder is dan ik, dat zweer ik je, je moet teruggroeten, León...'

Leonidas draait zich, grijnzend en lichtjes buigend, naar alle kanten. Hij groet maar wat op goed geluk, zoals blinden groeten wanneer men hun de naam in het oor fluistert van wie er voor hen staat. Zo zijn die Paradini's, gaat het door zijn hoofd, daarbij vergetend dat hij die stortvloed van beroemdheden gewoonlijk even behaaglijk over zich heen laat komen, net zoals Amelie... Voortdurend maant hij zichzelf aan om gelukkig te zijn, nu alles zo onverwacht en voortreffelijk opgelost is, nu hij niet meer gedwongen is om zware bekentenissen te doen en beslissingen te nemen, kortom, nu zijn sombere geheim uit de weg geruimd is en hij weer vrij en opgelucht kan ademhalen. Maar hij is jammer genoeg niet in staat om op die uitnodiging tot gelukkig zijn in te gaan. Op een pathetische manier lijdt hij er zelfs onder dat Emanuel níet zijn zoon is. Hij heeft vandaag een zoon verloren. O, was Emanuel maar de intussen volgroeide jongen, de kleine Jozef Wormser die achttien jaar geleden in Sankt Gilgen door meningitis werd geveld!

Leonidas is hulpeloos, in zijn hoofd ratelt een trein. En in die trein zit Vera, ze verlaat een land waar ze niet ademen kan, ze is op weg naar een land waar ze wel ademen kan. Wie had ooit vermoed dat in de landen waar dit arrogante volkje niet ademen kan zeer ontwikkelde mensen als Emanuels vader doodgemarteld worden, zo maar, zonder meer? Het is toch bewezen dat dat maar gruwelsprookjes zijn. Ik geloof het niet. Vera mag dan nog de waarheid in persoon zijn, ik weiger het te geloven. Maar wat is dat nu? Ik heb ook het gevoel dat ik hier niet kan ademen. Hoezo? Ik, als erfelijk ingezetene van dit land, zou hier niet kunnen ademen? Dat had ik kunnen verwachten! Ik zou eerstdaags mijn hart eens moeten laten onderzoeken. Overmorgen misschien al, in het geheim natuurlijk, Amelie hoeft het niet te weten. Nee, mijn beste collega Skutecky, ik zal geen bedevaart naar mijnheer Lichtl doen, dat toonbeeld van middelmatigheid, maar wel, en *sans gêne*, naar Alexander Bloch. Daarvóór echter, morgenvroeg al, vraag ik een onderhoud met Vinzenz Spittelberger:

'Ik kom mijnheer de minister mijn verontschuldigingen aanbieden voor de strubbelingen van gisteren. Ik heb eens rustig geslapen over de opmerkingen van mijnheer de minister, en ik moet zeggen, mijnheer de minister heeft eens te meer het ei van Columbus ontdekt. Ik heb maar ineens het verzoek om professor Bloch een orde toe te kennen en het benoemingsdecreet voor professor Lichtl meegebracht. We moeten eindelijk onze eigen, nationale persoonlijkheden naar waarde schatten en opkomen voor deze mensen, durven in te gaan tegen de internationale stemmingmakerij. Mijnheer de minister staat als een doordrijver bekend, straks op de kabinetsraad zal hij deze stukken zeker laten ondertekenen door de bondskanselier.'

'Dank u wel, heer diensthoofd, dank u wel. Ik heb er geen moment aan getwijfeld dat u mijn enige steun bent hier in huis. Onder ons gezegd, als ik binnenkort naar de kanseliersstoel zou verhuizen, dan neem ik u mee als kabinetschef. Over gisteren hoeft u zich geen zorgen te maken. Het weer had u waarschijnlijk wat zenuwachtig gemaakt.'

Ja natuurlijk, het weer! Stormachtig weer. Leonidas herinnert zich het weerbericht op de radio. Terwijl hij zich klaarmaakte voor de opera, had hij het toestel ingeschakeld: 'Depressie boven Oostenrijk. Stormachtig weer in aantocht.' Daarom kan ik niet ademen natuurlijk.

Leonidas zit nog altijd mechanisch te knikken. Zijn groeten zijn een soort voorschot, hij doet het om Amelie te plezieren.

De gasten die ze vandaag in de opera hebben uitgenodigd, komen opdagen. Een rokkostuum en een zwart-zilveren japon met daarover een mantel die wel uit metaal lijkt. De dames omhelzen elkaar. Leonidas drukt een kus op een geurende vlezige hand met enkele bruine levervlekken. Waar ben je heen gevloden, benige, bitterzoete hand met breekbare vingers, maar zonder ring?

'Mevrouw ziet er iedere keer jonger uit!'

'Als dat zo doorgaat, mijnheer, dan kunt u me binnenkort als baby begroeten.'

'Is er nog nieuws, mijn waarde? Wat zegt de grote politiek?'

'Met politiek heb ik goddank niets te maken. Ik ben maar een bescheiden schoolmeester.'

'Als jij nu ook al geheimzinnig begint te doen, mijn dierbare diensthoofd, dan moeten de zaken er nogal slecht voor staan. Ik hoop maar dat Engeland en Frankrijk begrip hebben voor onze situatie. En Amerika natuurlijk, vooral Amerika. We zijn per slot van rekening toch het laatste bolwerk van de Midden-Europese cultuur.'

Die laatste woorden van zijn gast ergeren Leonidas, al weet hij zelf niet waarom.

'Cultuur hebben,' zegt hij grimmig, 'dat betekent vaak dat er een steekje los is. Hier is bij iedereen een steek los. Ik reken op geen enkele mogendheid, ook op de grootste niet. De rijke Amerikanen komen in de zomer graag naar Salzburg. Maar theaterbezoekers zijn nog geen bondgenoten. Alles hangt ervan af of men hier sterk genoeg is om zichzelf te reviseren eer de grote revisie van elders komt...'

En hij zucht diep, omdat hij weet dat hij alvast niet sterk genoeg is, en omdat het ongelede gezicht van de pafferige ambtenaar vol haat voor zijn ogen zweeft.

Donderend applaus! De buitenlandse hoogwaardigheidsbekleder, omgeven door ingezetenen, verschijnt aan de balustrade van de feestloge. Het licht gaat uit in de zaal. De dirigent, beschenen door het eenzame lichtje van zijn lessenaar, staat daar vastberaden en ineengedoken, dan spreidt hij zijn armen, de vleugels van een reusachtige gier. Nu wiekt de gier, zonder van zijn plaats te komen, met regelmatige slagen over het al te uitbundige orkest. De opera begint.

Wat hield ik vroeger van dit moment! Een vrij corpulente travestierol springt uit het praalbed van een nog corpulentere primadonna. Achttiende eeuw. De primadonna, een al wat oudere dame, is melancholisch gestemd. De travestierol, die door haar gespeelde slungelachtige jongensmanieren haar zeer vrouwelijke vormen nog accentueert, draagt een blad met ontbijt en chocolademelk. Weerzinwekkend, denkt Leonidas.

Op zijn tenen sluipt hij achteruit. Achterin de loge laat hij zich op een rode pluche bank vallen. Hij geeuwt uitgebreid. Alles is schitterend afgelopen. Die kwestie met Vera is definitief uit de weg geruimd. Een ongelofelijk iemand toch, die vrouw. Ze heeft niet het minst aangedrongen. Als ik zelf niet onder een of andere duivelse dwang sentimenteel geworden was, dan had ik zelfs niets vernomen, niets, en dan waren we keurig uit elkaar gegaan. Jammer! Liever zou ik de waarheid niet kennen! Niemand kan twee levens leven. Ik tenminste heb de kracht niet om het dubbelleven te leiden waartoe Amelie me in staat acht. Ze heeft me van de eerste dag overschat, die goeie lieve Amelie. Spons erover, het is te laat nu. En ik kan me ook geen gevaarlijke uitspraken meer veroorloven zoals die over de grote revisie. Wat voor een revisie, voor de drommel? Ik ben geen zwartgallige Heraclitus, en evenmin een intellectuele Israëliet, maar een openbaar ambtenaar zonder veel spreukenwijsheid. Wanneer zal ik eindelijk leren om me als een ezel te gedragen, precies zoals iedereen? Men moet uiteindelijk toch tevreden zijn. Men moet zich af en toe voor de geest halen wat men bereikt heeft. In dit prachtige operahuis zitten de duizend hoogstgeplaatste landgenoten bij elkaar. Ik hoor zelfs bij de hoogste honderd. En ik kom van helemaal onderaan. Ik heb het leven overwonnen. Toen mijn arme vader zo jong stierf, moesten we, mijn moeder, mijn vijf zusters en ik, van een pensioentje van twaalfhonderd gulden leven. En toen drie jaar later ook mijn arme moeder stierf, viel zelfs dat pensioentje weg.

Toch ben ik niet ten onder gegaan. Hoevelen zijn niet blijven haperen op de trede van het huisleraartje spelen bij dokter Wormser en hebben nooit de gedurfde droom verwezenlijkt om als schoolmeester uit een provinciaal nest in een restaurant aan te zitten bij de notabelen? En ik?! Het is toch uitsluitend mijn verdienste dat ik, gewapend met slechts een geërfde rok, het tot een algemeen erkend charmante jongeman heb gebracht en een gevierd walser, en dat Amelie Paradini erop gestaan heeft met mij te trouwen, uitgerekend met mij, en dat ik niet alleen diensthoofd ben, maar ook een grote meneer, en Spittelberger en Skutecky en consorten beseffen maar al te goed dat ik die hele rommel niet nodig heb, dat ik een nonchalant buitenbeentje ben, en de Chvieticky's en de Torre-Fortezza's, die hele oude deftige adel, glimlachen in mijn richting en zeggen als eersten goeiedag, en morgenochtend op kantoor laat ik Anita Hojos me zoals elke dag de thee brengen. – Maar één ding zou ik willen weten, heb ik vandaag echt geweend om die kleine jongen, of beeld ik me dat nu achteraf maar in?

Altijd zwaarder drukt de muziek op Leonidas. Met lang aangehouden hoge noten botsen de vrouwenstemmen tegen elkaar op. De monotonie van de overdrijving! Hij dommelt in. Maar terwijl hij slaapt, weet hij dat hij slaapt. Hij slaapt op de bank in het park. Een vriendelijk buitje van oktoberzon besprenkelt het gazon. Lange colonnes kinderwagens schuiven voorbij. In die witte wagens, die over het grind knarsen, slapen ze, de gevolgen van de oorzaken en de oorzaken van de gevolgen. Met hun bolle voorhoofdjes, met getuite lippen en gebalde vuistjes zijn ze druk doende met hun diepe kinderslaap.

Leonidas voelt hoe zijn gezicht almaar droger wordt. Ik had me voor de opera nog eens moeten scheren. Daarvoor is het nu te laat. Zijn gezicht is een dorre open plek. De paden en karrenwegen die toegang verlenen tot deze vereenzaamde open plek, groeien langzaam dicht. Zou dit al de ziekte van de dood zijn, die op een onverklaarbare doch logische manier de afrekening is met de levensschuld? En terwijl hij slaapt onder de beklemmende koepel van de veel te drukke muziek, heeft Leonidas het onzegbaar heldere besef dat hem vandaag een kans op redding is geboden, vaag, met gedempte stem, onduidelijk, zoals zulke aanbiedingen altijd zijn. Hij weet dat hij de kans niet gegrepen heeft. Hij weet dat er geen nieuwe kans meer komt.

Marc Rummens 1989 / november 2015

© Alma Mahler-Werfel 1955. All rights reserved by

S. Fischer Verlag GmbH, Frankfurt am Main

Nederlandse vertaling 2016 – Marc Rummens & Uitgeverij Vrijdag

Jodenstraat 16, 2000 Antwerpen

www.uitgeverijvrijdag.be

Vormgeving: Mulder van Meurs, Amsterdam

NUR 302

ISBN 978 94 6001 458 1

D/2016/11.676/319

e-boek

ISBN 978 94 6001 459 8